きかせたがりやの魔女

岡田 淳

はた こうしろう 絵

もくじ

さし絵　はた　こうしろう

きかせたがりやの魔女

はじめにいっておきたいこと

はじめにいっておきたいことが、いくつかある。

このあとに書かれている話《はなし》は、ぼくが、小学校の五年生から六年生のおわりにかけて、あるひとからきいた話だ。もう二十年以上《いじょう》まえのことになる。

きいた話をそのまま書いたかというと、すこしちがう。わかりやすいように書きあらためた。あらわしかたを上品《じょうひん》にしたところもすくなくない。でも話のおおすじはかえていない。きいた話を、わすれないうちにノートに記録《きろく》しておいたのが役《やく》にたった。

いくつかは、どこかで話《はな》したこともあるし、書いたこともある。ただ、どう

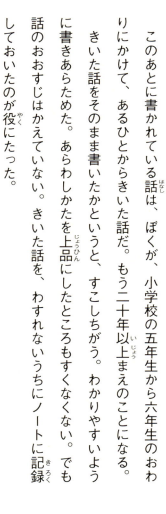

いうふうにぼくがこの話をきいたのかという点《てん》については、ごくかぎられたひとにしか話さなかった。そのかぎられたひとたちは、わらってこういった。

「それ、いつものつくり話《ばなし》だろ。」

いつもつくり話でひとをかついでいるぼくもわるい。

こんなことをいったひともいる。

「あなたは不幸《ふこう》な毎日《まいにち》をおくっていたのじゃない？　それで、そういう不幸をすこしでもわすれようと、心《こころ》のふかいところで思《おも》ったのよ。だからそういうことがあったように思いこんだのね。ほら、マッチ売《う》りの少女《しょうじょ》がまぼろしをみたように。」

そんなことはなかった。ぼくはぼくなりに、けっこうたのしい毎日《まいにち》をおくっていた。もちろん、不幸《ふこう》なことがまったくなかったわけではない。たとえば、父《とう》さんが事業《じぎょう》で失敗《しっぱい》してまずしい暮《く》らしぶりになったとか、オウムはもちろん九官鳥《きゅうかんちょう》も飼《か》わせてもらえなかったとか、そういうことはあった。そういうことはだれにだってある。どの小学生だって、その子なりの不幸《ふこう》をかかえているのだ。

ふつうの、といういいかたがある。ふつうの小学五年生。ほんとうのことをいえば、ふつうの小学五年生なんてどこにもいない。だれだって独得《どくとく》の生《い》きかたをしている（そういうことをいったひとがいるのだ）。けれどふだん世間《せけん》でいわれているような意味《いみ》で、ぼくはふつうの小学五年生だった。父《とう》さんと母《かあ》さんと妹《いもうと》がいて、わらいあったりけんかをしたりしかられたりしてくらしていた。つまり、とりたてて不幸《ふこう》な五年生ではなかったと思うのだ。ついでにいうなら、ぼくに話《はなし》をしてくれたあのひとだって、とくに不幸ではなかったと思う。

ぼくがふつうの小学五年生の男の子だったというなら、あのひとは、ふつうの、定年退職《ていねんたいしょく》した魔女《まじょ》だった。

七月のこと

踊《おど》り場《ば》の魔女《まじょ》

最初《さいしょ》にであったのは、五年生の一学期《がっき》、七月の雨《あめ》の日だった。

雨がふっているというのに、ぼくは忘《わす》れものをとりに家《いえ》までかえった。

忘《わす》れものは絵《え》の具《ぐ》セットだ。その日は三、四時間目が図工《ずこう》で、ぼくはひとの筆《ふで》やパレットで絵をかきたくなかった。図工がすきだったのだ。

二時間目がおわって休《やす》み時間になると、こっそり学校をぬけだし、傘《かさ》をさして走《はし》った。二十分あれば往復《おうふく》できると思った。だが、あまかった。三時間目がはじまるチャイムは、学校の手前《てまえ》で、傘にあたる雨音《あまおと》といっしょにきいた。

正面玄関《しょうめんげんかん》で傘《かさ》をたたむ。ろうかにはもう、ひとのすがたがない。図工室《ずこうしつ》は二階《かい》だ。ぼくは絵《え》の具《ぐ》セットとぬれた傘をもって、息《いき》をはずませながら階段《かいだん》をのぼっていった。

階段《かいだん》の踊《おど》り場《ば》で、ぎょっとして足をとめた。

とつぜんひとがあらわれたのだ。いや、はじめからそこにいたのに、ぼくが気《き》づかなかった、と思った。

ぎょっとしたのには、もうひとつわけがある。そのひとの身《み》なりがかわっていた。みたとたん、魔女《まじょ》だと思った。でもすぐに、魔女なんているわけない、このひとは魔女のようなかっこうをしたひとだ、と思いなおした。

つばが広くてさきがとがった黒《くろ》い帽子《ぼうし》、黒っぽい服《ふく》、まっ赤《か》な口紅《くちべに》、青いアイシャドウ。どうみても魔女《まじょ》、のかっこうをしている年配《ねんぱい》の女のひとは、まっすぐぼくをみて、にやりとわらった。ぼくはすこしぞっとした。はっきりいって、気味《きみ》がわるかった。でも無視《むし》するのもよくないと思ったので、かるく頭《あたま》をさげ、足ばやにとおりすぎようとした。はやく図工室《ずこうしつ》にいきたかったのだ。

だがそのひとは、両手《りょうて》のてのひらをぼくにみせるようにひろげて、にっこりとうなずいた。

「わかってる。あんたはいそいでる。でも、いそがなくてもだいじょうぶ。わたしといっしょにいるあいだ、〈学校の時間〉はとまっているから。」
赤いくちびるがうごいて、青いアイシャドウがきらきらかがやいて、そのひとも
ここまで走ってきたみたいに、すこし息《いき》をはずませ、ほおを赤くしていた。
けれどなにをいっているのか、わからなかった。どうすればいいのだろう、と
思ったとき、ぼくのうしろから、一羽《わ》の鳥《とり》がかるいはばたきの音《おと》と風《かぜ》をたてておりすぎ、そのひとの肩《かた》にとまった。
そのひとはおどろかなかった。でもぼくはおどろいた。ムクドリとスズメのあいだくらいの大きさ、ほぼ全身《ぜんしん》が黒くて、くちばしと目のまわりのふちどりが黄色《きいろ》、腹《はら》は白くて黒い斑点《はんてん》。ぼくの記憶《きおく》にまちがいがなければ、クロツグミのオスのはずだった。ほんものをこんなに近《ちか》くでみるのは、はじめてだ。すこしはなれたところなら、二か月ほどまえ、学校のベランダの手すりにとまって、教室《きょうしつ》のなかをのぞきこんでいるのをみたことがある。鳥好《とりず》きのぼくは鳥の図鑑《ずかん》をみるのもすきで、そのすがたと名前を知っていたのだ。

それにしても、クロツグミのオスを肩《かた》にとまらせて平然《へいぜん》としているなんて、しんじられなかった。けれど、もっとしんじられないことがおこった。そのクロツグミが、しゃべったのだ。

「ピキョピキョ、ねっ、いそがなくてもだいじょうぶ。〈学校の時間〉はとまっているから、ねっ。」

しゃべるクロツグミ！

オウムや九官鳥《きゅうかんちょう》のようにきまったことをしゃべるのではなくて、会話《かいわ》できるクロツグミ！

天使《てんし》がささやいたらこんな声《こえ》かな、という

声だった。〈学校の時間〉はとまっている、そのことばの意味《いみ》はわからなかったが、ぼくはもういそぐ気分《きぶん》ではなくなっていた。

このひとの鳥《とり》だろうか。どうしてこの鳥がしゃべるのか、このひとはいったいなにものなのか、とても知りたくなった。

「……おばさんは……。」

ぼくがいいかけると、そのひとはすぐにつづけた。

「おばあさんとよぼうか、まよっただろ。」

「どうして……、わかるんですか？」

「それくらい、ふつうのひとにだってわかるさ。」

ふつうのひと……？　おばさんはつづけた。

「それじゃ、そろそろ、こっちの部屋《へや》へ……。」

いよいよわからない。なにが、それじゃそろそろなんだろう。それに、こっちと手でしめした方向《ほうこう》には壁《かべ》しかなかった。しかしおばさんは壁のほうに二、三歩《ぽ》すすんだ。

そして、踊《おど》り場《ば》の壁にむかって、ドアほどの大きさの四角《しかく》を、ひとさしゆびで、さししめすようにかいた。ゆびは直接《ちょくせつ》壁にはふれなかったが、壁の上に線《せん》のあとがかすかにひかった。それが息《いき》をするように光《ひかり》をつよめ、きゅうにするどくかがやいた。

まぶしさに、思わず目をとじた。おそるおそる目をあけると、まぶしい光はどこかに消《き》え、かわりに壁《かべ》には扉《とびら》があった。木でつくられた、窓《まど》のない扉だ。この学校ができたときから、ずっとそこにある扉のようにみえた。

——どうしてこんなことができるんだ。もしかして、ほんものの魔女《まじょ》？

おばさんは扉《とびら》のノブをまわした。なめらかな金属《きんぞく》の音をたてて扉がこちら側《がわ》にひらく。するとそこには、小さな部屋《へや》があった！

「この部屋《へや》のなかで、話《はなし》をきいてくれるだけでいい。それでおしまい。そのあとで、ああしてくれ、こうしてくれなんていわない。話をきいてもらうだけ。」

あんまりびっくりしたので、ぼうっとなっているぼくに、おばさんは早口《はやくち》でつづけた。

「だいじょうぶ。あんたの権利《けんり》はまもられている。ふゆかいなことはおこらない。いやならいつでももとにもどれる。ひとこと、いやだといえばいい。それであんたは、絵《え》の具《ぐ》セットとぬれた傘《かさ》をもって、階段《かいだん》をのぼっていける。」

そういわれてぼくは、絵の具セットと傘をみた。すると傘がぬれていなかった。ズボンもくつも、さっきまではぬれていたはずなのに、かわいているのだ。

「傘《かさ》が、ぬれていない……。」

ぼくはつぶやいた。するとクロツグミがいった。

「ピキョッ、いまは〈学校の時間〉じゃないからねっ。きみがのぞめば、この部屋《へや》にはいって、お話をきけるわけ。この部屋にはいるなら、傘《かさ》や足がぬれていないほうが、いいよねっ。」

おばさんが、そうそう、とまっ赤《か》なくちびるを左右《さゆう》にひっぱりあげて、うなずいてみせた。ぼくは心をゆるせない気分《きぶん》だった。知らないひとが、いや、魔女《まじょ》が、ついてこいといっているのだ。

するとクロツグミがおばさんの肩《かた》から飛《と》びたち、はばたきで空気《くうき》をかきまわしながら踊《おど》り場《ば》をくるりとまわると、なんと、ぼくの肩にとまってくれた。とまるときに、トンとかるい感《かん》じがあって、あとはかすかな重《おも》さ、そして、いまここに鳥《とり》がいるというたしかな気配《けはい》があった。わけのわからないことになっているけれど、クロツグミがぼくの肩にとまっているということは、ぞくぞくするほどうれしかった。

そのクロツグミが、ないしょ話《ばなし》をするようなちょうしで、ぼくの耳《みみ》もとでささやいた。

「あのね、こわいことにはならないよ。もしもいやだなあって思ったら、『いやだ』っていえばそれでおしまいなんだから、ねっ。その部屋《へや》にはいる。お話をきく。

その部屋からこちらにもどる。それだけ。」

鳥《とり》が肩《かた》にとまってささやいてくれる。まるで夢《ゆめ》みたいな話だ。夢？

——なんだ、そうか。これは夢をみているのだ。そりゃそうだ。クロツグミがしゃべるなんて、きいたことがない。

ぼくは鳥に、ささやき声《ごえ》でたずねた。

「これって、夢《ゆめ》？」

「ピキョッ？」

クロツグミはすこし首《くび》をかしげてからこたえた。

「まあ、夢《ゆめ》だね。」

もしもこの鳥《とり》がいなければ、ぼくはその部屋《へや》にはいらなかったと思う。夢《ゆめ》だとわかっていたとしても、だ。なにしろ相手《あいて》はまっ赤《か》な口紅《くちべに》で青いアイシャドウの魔女《まじょ》だ。どんな話をきかされるかしれたものではない。けれど、肩《かた》にとまってささやいてくれるクロツグミがいる。この鳥としたしくできるのなら、もうすこし夢がつづいてくれてもいいような気がした。きかされる話がつまらなくても、この鳥をながめていればいい。クロツグミなんてめずらしい鳥なら、しゃべらなくても、首《くび》のかしげかたや尾《お》のふりかただけをみて、ぼくは一時間でも二時間でもすごすことができる。

そんなことをかんがえながら部屋《へや》にはいると、

「すきないすにおすわり。」

と、おばさんがうれしそうにいった。

部屋《へや》にはいくつかのいすと、いくつかの小さなテーブルがあった。ぼくは扉《とびら》に近いいすにすわり、絵《え》の具《ぐ》セットと傘《かさ》をとなりのいすにおいた。そのいすの背《せ》もたれに、ぼくの肩《かた》からクロツグミが飛《と》びうつった。すこしざんねんな気がした。

おばさんは窓《まど》に近いテーブルにあったランプに火をつけていた。それから正面《しょうめん》の窓にレースのカーテンをひき、さらに厚《あつ》い布《ぬの》のカーテンをひいた。ちらっとみえたガラス窓のむこうには、木があって、やはり雨《あめ》がふっているようだった。

部屋《へや》はランプの光だけになり、外でふる雨の音が遠くできこえた。ふりかえると、はいってきた扉《とびら》もしまっている。

ぼくがすこし不安《ふあん》な気分《きぶん》になったのがわかったみたいに、クロツグミがささやいた。

「はじまるよ。」

おばさんはランプの横《よこ》にすわり、ランプのゆれる光でできた影《かげ》のある顔《かお》で、うれしそうにうなずいた。いやになれば「いやだ」といえばいい、とぼくは心のなかで自分《じぶん》にいった。それにこれは夢《ゆめ》なんだ、とつけくわえた。

「この話は『踊《おど》り場《ば》の魔女《まじょ》』という話でね。」

と、おばさんが影《かげ》のある赤いくちびるでいった。踊り場というと、この部屋《へや》にはいるまでぼくたちがいたところだ。

「それ、おばさんのこと？」

口にしてしまってから、はっとした。魔女《まじょ》というのはぼくが思っていただけで、

おばさんの口からはきいていなかったからだ。気をわるくするかな、と思ったが、

おばさんは、にっとわらったまま、いやいやと首《くび》をふった。

「わたしじゃない。この話をするには、こういうあらわれかたがいいかと思ったんだ。ちょっとしたサービスだね。気にいったかい？」

気にいるも、いらないもない。ぼくは肩《かた》をすくめて、あいまいにわらってみせた。

「じゃあ、はじめるよ。『踊《おど》り場《ば》の魔女《まじょ》』。あんたの学校の話じゃない。四年生の男の子が出てくるよ。」

おばさんは、エヘンとせきばらいをして、話をはじめた。

「全校生《ぜんこうせい》があつまる朝の会ってものがあるだろ？　それのある日のことだよ。四年生にケンジって子がいたんだ。この子はいつだって遅刻《ちこく》をするんだけどね、その日もおくれたんだよ――。」

踊《おど》り場《ば》の魔《ま》女《じょ》

全校朝会《ぜんこうちょうかい》がある日のことだった。

四年生のケンジは、いつものように遅刻《ちこく》をした。

集合《しゅうごう》の音楽《おんがく》は、もうおわっている。だれもいない教室にかばんをおいて、体育館《たいいくかん》にむかう。司会《しかい》の先生のマイクの声《こえ》がきこえている。

体育館は東校舎《ひがしこうしゃ》の二階《かい》にある。いったん中庭《なかにわ》に出て、階段《かいだん》をのぼらなければならない。のろのろと階段をのぼった。

半分《はんぶん》ほどのぼると、すこし広いところがあって、階段はおれまがる。階段のこういうところを踊《おど》り場《ば》というのだと、ケンジは最近《さいきん》知った。

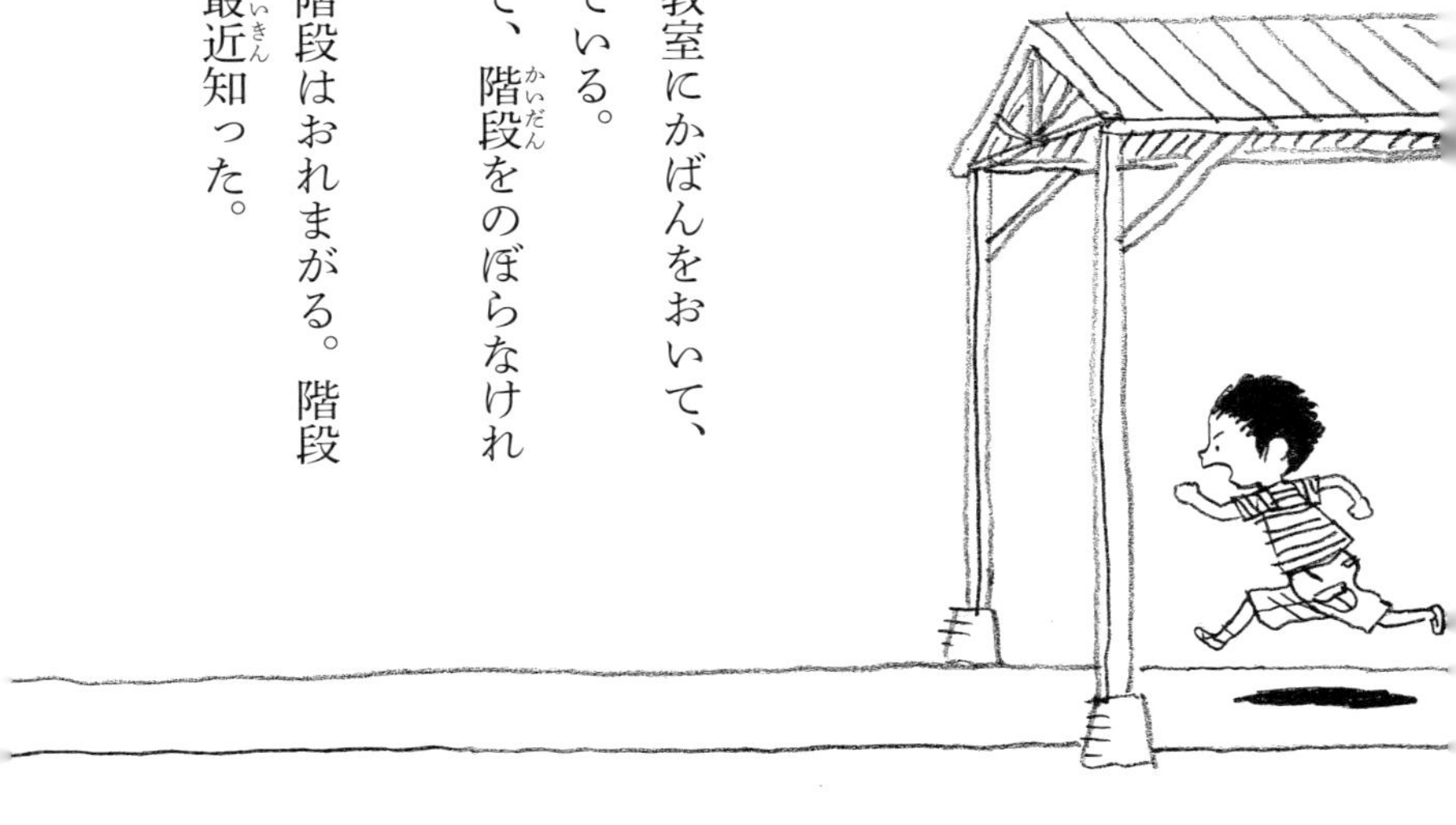

そのとき、しんじられないことがおこった。

左足を前にだし、右足のひざをややまげた姿勢《しせい》のまま、からだがうごかなくなってしまったのだ。

――え？

かなしばり、ということばが頭《あたま》にうかんだ。でも歩いているとちゅうでかなしばりなんてきいたことがない。

すると耳《みみ》のおくで声がきこえた。女の子の声だった。

(宿題《しゅくだい》をてつだってちょうだい。)

――わ！

声をだそうとしても声が出ず、まわりをみまわそうとしても、からだがうごかなかった。

――だ、だれ？

するとおどろいたことに、耳のおくで声が返事《へんじ》をした。

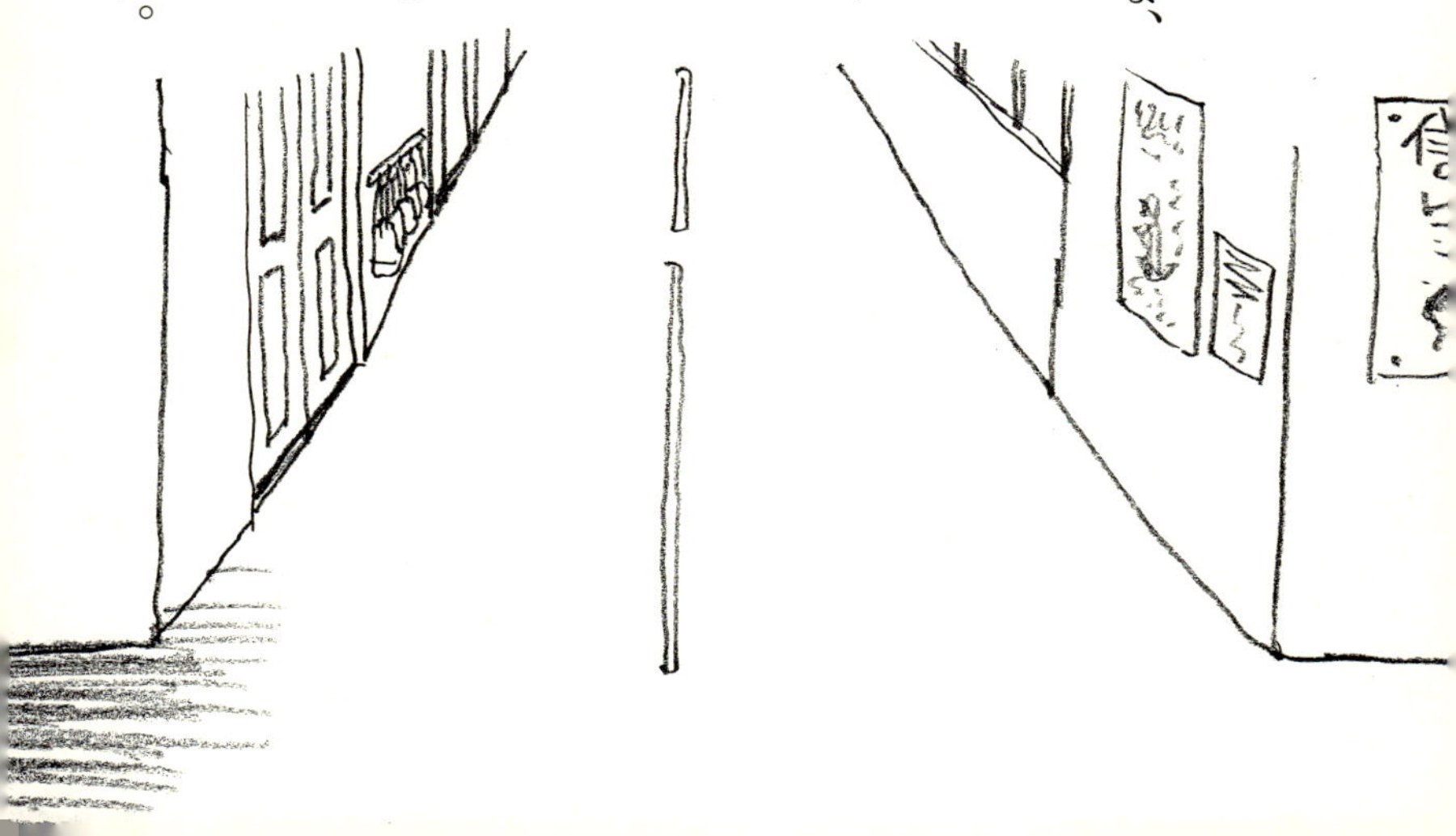

(わたし、この小学校の魔女《まじょ》。)

――な、な、なんだって?

(わたし、この小学校の魔女なの。)

――小学校の、ま、ま、魔女《まじょ》?

(そう。)

――小学校の魔女って、なに?

(知らない?)

――し、知らない。

(たいていの小学校には、その小学校の魔女《まじょ》か、魔《ま》法使《ほうつか》いがいるよ。わたし、この小学校の魔女。)

――そ、そんな話は、きいたことがない。

(きいたことがなくても、わたし、この小学校の魔女なの。)

――魔女《まじょ》……! ま、魔女が、宿題《しゅくだい》をてつだってちょうだいって……?

（そう。）

――な、な、なぜ、ぼくに……？

（全校朝会《ぜんこうちょうかい》があるのに、ひまそうに歩いていたから。）

ひまそうに歩いていたわけじゃないと思ったけれど、さからわないほうがいいと思った。しかし、魔女《まじょ》の宿題《しゅくだい》ってなんだろう。

――宿題って……？

（ソノナニフサワシイマホウが、なにかってことなの。）

とつぜんのことばに、ついていけなかった。

――え？　なんていったの？

（その名《な》、その名前にふさわしい魔法《まほう》、その名前にぴったりの魔法とはなにかってこと。）

――その名前って、どの名前？

声はちょっとだまった。それからこういった。

(小学校の魔女《まじょ》というのは、宿題《しゅくだい》ができなければ一人前《いちにんまえ》にはなれないの。)

――はぁ?

(わたし、一人前じゃないんだ。だされた宿題ができていない。その宿題というのが『その名《な》にふさわしい魔法《まほう》をつかう』っていうことなの。で、ずっとかんがえてきたけれど、わからないのよ。だから、だれかにてつだってもらおうって思ったんだ。ね、『その名にふさわしい魔法』ってなんだろう。)

――だから、その名って、どの名?

耳《みみ》のおくの声はだまった。そしてためいきをついた。

――あのう、『その名《な》』がどの名なのかわからないってこと?

(そう、かな……。)

――きみは、なんていう名前?

(小学校の魔女《まじょ》。)

――あの、タロウとか、ハナコとかいう……。

（なりたての小学校の魔女《まじょ》には、そういう名前はないんだ。）

——じゃあ、小学校の魔女、が名前……？

だったら、その〈小学校の魔女《まじょ》〉という名前にふさわしい魔法をかんがえればいいのじゃないか、とケンジは思った。

——小学校の魔女《まじょ》って、なにをするの？

たずねてみると、あっさりこたえた。

（小学校で、ふしぎをおこすの。）

——どんな？　やっぱり、わるいふしぎ？

（いい、わるいをきめるのはわたしじゃないわ。小学校のみんながきめるの。）

——どういうこと？

（たとえば、わたしの魔法《まほう》で、運動場《うんどうじょう》にダイヤモンドがあらわれるとするでしょ。みんながとりあってあらそえば、それはわるいふしぎになるじゃない。

でもダイヤモンドをみんなの役《やく》にたつことにつかえば、いいふしぎになるでしょ。そういうことなの。）

ダイヤモンドならそういうこともあるかもしれないけれど、と思ったのがわかったのか、こうつづけた。

（小学校の魔女《まじょ》がおこすふしぎって、かならずそういうふしぎなの。）

――運動場《うんどうじょう》にダイヤモンドがあらわれるのは、小学校の魔女《まじょ》がするのにふさわしい魔法《まほう》なんだね？

（そう。）

――じゃあ、それをやればいいじゃないか。小学校の魔女《まじょ》という名《な》にふさわしい魔法《まほう》、運動場《うんどうじょう》でダイヤモンドってのをやれば？

耳《みみ》のおくで、ためいきがきこえた。

（それができれば苦労《くろう》はないわよ。そうしようと思ったら、運動場《うんどうじょう》にいかなきゃならないじゃない。わたし、ここからうごけないのよ。）

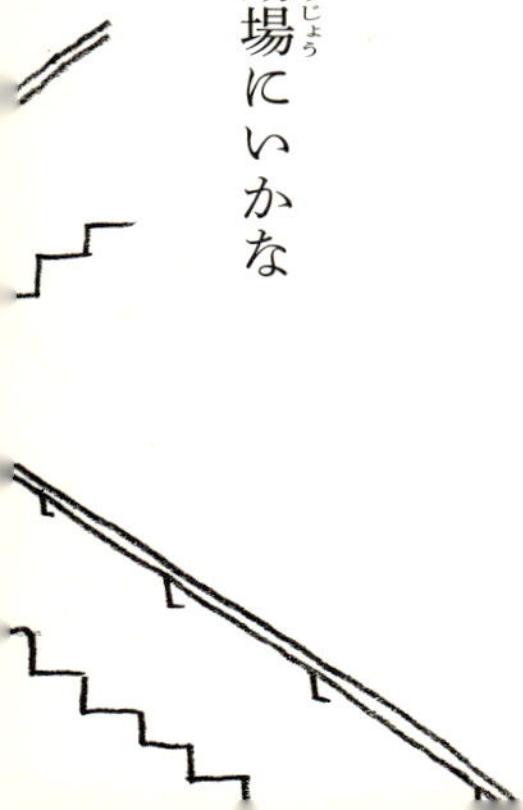

——どうしてうごけないの？

（一人前《いちにんまえ》の魔女《まじょ》ならうごけるわ。まだ宿題《しゅくだい》のできていない、一人前じゃない魔女は、ひとつの場所からうごけないのよ。わたしは宿題ができるまで、ここからうごけない。）

——それじゃあ、小学校の魔女《まじょ》じゃなくて、へへ、踊《おど》り場《ば》の魔女だね。

すこししたしくなるとおどけてみたくなるのがケンジだった。

（なに？　なんていった？）

そういわれて、ケンジはあわてていった。

——あ、ごめん。からかうつもりはなかったんだ。

（ううん。オドリ……？）

おこっているのではないようだ。

——ああ、踊《おど》り場《ば》。知らなかった？

こういうふうに階段《かいだん》がおれまがるたいらなところを、踊り場っていうん

だって。ダンスの、おどるっていう字を書くらしい。

（ダンスの……、踊《おど》り場《ば》……。へぇ！　知らなかった。だれもおどらないのに？　踊り場の魔女《まじょ》……？　踊り場の魔女！）

　とつぜん声に力がこもった。

（その名にふさわしい魔法《まほう》！　踊《おど》り場《ば》！　それかもしれない！　ありがとう！　やってみよう！）

――え？　あの、なにを……？

　わけがわからないうちに、ふっとからだに重《おも》さがもどった。くずれおちるかと思ったら、そうではなかった。手と足が、いや肩《かた》も腰《こし》も、からだじゅうがおどりはじめていた。

　こんな場合《ばあい》なのに、からだがおどると心もおどった。ケンジはなんだかゆかいになって、おどりながら階段《かいだん》をのぼっていった。

「そういう、思《おも》いやりのある子は……。」

舞台《ぶたい》のマイクの前で、きゅうにことばがとぎれた校長《こうちょう》先生は、口をあけたまま体育館《たいいくかん》のうしろをみつめた。その視線《しせん》のさきを全校生《ぜんこうせい》がふりかえった。すると、しあわせいっぱいのケンジが、おどりながらはいってくるところだった。

ひと呼吸《こきゅう》おいて、体育館《たいいくかん》は笑《わら》いにつつまれた。

ケンジの学級担任《がっきゅうたんにん》のタカダ先生は小走《こばし》りでかけつけた。またケンジがふざけているのかと思った。

「ケンジさん、どうしておどっているの？」

ケンジはおどりながら、にこにことこたえた。

「お、お、おどるつもりはな、な、ないんです。か、か、からだが……。」

にこにこ、へらへらとこたえているのに、ふざけているのではないようだとみやぶったタカダ先生はえらい。

タカダ先生は養護教諭《ようごきょうゆ》のスミ先生をふりかえった。よばれるまでもなく、スミ先生がやってきた。ケンジはタカダ先生とスミ先生にはさまれて、それでもおどりながら体育館《たいいくかん》を出ていった。

体育館がようやく静《しず》かになると、校長先生《こうちょう》は気をとりなおして話をつづけた。

教頭先生《きょうとう》はといえば、窓《まど》ぎわに立って、ぼんやり横目《よこめ》で中庭《なかにわ》をみていた。話がたいくつだったのだ。すると、みょうなものが目にはいった。ケンジとタカダ先生とスミ先生が、手をふり、腰《こし》をくねらせ、足をはねあげ、うれしそうにおどりながら中庭をよこぎっていくのだ。

教頭先生《きょうとう》は、三人がみえなくなるまでみおくって、まんまるにみひらいていた目をぎゅっとつむり、頭《あたま》をブルッとふった。このところ、はたらきすぎで疲《つか》れがたまり、まぼろしをみた、と思った。

全校朝会《ぜんこうちょうかい》がおわり、全員《ぜんいん》が体育館《たいいくかん》をあとにした。全員が魔女《まじょ》のまち

かまえる踊《おど》り場《ば》をとおった。

一年生も六年生も、校長《こうちょう》先生も教頭《きょうとう》先生も、とにかくそこをとおったものは、手をうち、ゆびをならし、肩《かた》をゆすり、からだをそらせ、とびあがり、おどりはじめた。

からだがかってにおどってしまうのだ。だれもが、おどることがゆかいでたまらなかった。踊《おど》りなど苦手《にがて》だと思っていた子も、気がつけばおどりだしていた。

もちろん授業《じゅぎょう》などできなかった。教室にはいることさえできない。運動場《うんどうじょう》で、中庭《なかにわ》で、ろうかで、みんなはおどりにおどった。

給食室《きゅうしょくしつ》にいた調理員《ちょうりいん》さんも、事務室《じむしつ》にいた事務の先生も、校庭《こうてい》の用務員《ようむいん》さんも、踊《おど》りにくわわった。どうやら宿題《しゅくだい》は正解《せいかい》で、魔女《まじょ》は一人前《いちにんまえ》になり、踊《おど》り場《ば》からはなれて、小学校のあちこちにいけるようになったらしい。

そのうちに、いくつかの集《あつ》まりができてきた。阿波踊《あわおど》りの集団《しゅうだん》ができ、モダンバレー、ジャズダンス、クラシックバレーの輪《わ》ができた。運動場《うんどうじょう》につづく大階段《おおかいだん》を、阿波踊りの大集団がエライヤッチャ、エライヤッチャと声をそろえ、一段一段おりていくのはみごとだった。

一時間目がおわるチャイムが鳴《な》るまで、きっちり四十五分間、みんなはおどりつづけた。おどりおわると、だれからともなく拍手《はくしゅ》がおこった。

みんな、満足《まんぞく》だった。

魔女《まじょ》はこの魔法《まほう》が気にいったらしい。それから毎年《まいとし》、一年にいちど、その小学校ではとつぜんみんなが、おどりだす。

そのわけを知っているのは、ケンジだけである。

話《はなし》をききおわって、ぼくはふうと息《いき》をついた。

それから、すぐとなりのいすの背《せ》もたれにクロツグミがとまっていたことに気がついた。すっかり話にひきこまれていたのだ。

おばさんは、満足《まんぞく》そうな、そしてちょっとつかれた顔《かお》で、さぐるようにぼくをみた。なにかいいたそうにしていたが、

「じゃ、またね。」

とだけいって、ランプの火を消《け》した。

「ピキョッ。」

と、クロツグミが鳴《な》くのがきこえて、まっ暗《くら》になった。

ゆるやかに明《あか》るさがもどってくると、ぼくは、絵《え》の具《ぐ》セットとぬれた傘《かさ》をもって、

冷《つめ》たくしめったくつとズボンで、階段《かいだん》の踊《おど》り場《ば》に立っていた。同時《どうじ》に、スピーカーの音量《おんりょう》をあげるみたいに、学校の音《おと》がもどってきた。

――〈学校の時間〉がうごきだしたんだ。

と、納得《なっとく》して、

――そんなばかな。

と思った。もちろん、踊《おど》り場《ば》の壁《かべ》には扉《とびら》なんてない。壁にさわってみた。なんのふしぎもない壁だ。それに、かんがえてみるとその壁のむこうは玄関《げんかん》で、小部屋《こべや》があるわけがなかった。

胸《むね》がどきどきした。

――夢《ゆめ》だよな。

と、自分《じぶん》にいった。でも夢《ゆめ》にしては、とてもはっきりしていた。話もおぼえていたけれど、いすにすわった感じ、クロツグミが肩《かた》にとまったかるい感じ、ランプの光を横《よこ》からあびたおばさんの顔、口紅《くちべに》、アイシャドウ、ちょっとおしつけがましい、オーバーなしゃべりかた、ぜんぶはっきりとおぼえていた。十五分《ふん》から二十分くらい、あの部屋《へや》にいたような気がする。

ふと床《ゆか》に目をおとした。傘《かさ》からおちたしずくが、いま小さく水たまりをつくりはじめた。

——ということは！

ぼくはいまここに立ちどまったところなのだ。ぼくは一瞬《いっしゅん》のあいだに、あの夢《ゆめ》をみたというのだ。

——保健室《ほけんしつ》にいったほうがいいのだろうか。

一分《ぷん》ほど踊《おど》り場《ば》でなやんで、けっきょくぼくは、図工室《ずこうしつ》へいくことにした。図工室へいそぎながら、もっとクロツグミのことをよくみておけばよかったと思った。

九月のこと

はずかしがりやの魔女《まじょ》

七月に階段《かいだん》の踊《おど》り場《ば》でおこったことは、はじめはどうかんがえればいいのかわからなかった。けれど、時間がたつうちに、あれは夢《ゆめ》だった、とてもみじかいあいだに、はっきりした夢をみたのだろうと思えるようになった。

やがて夏休《なつやす》みになり、山や川に鳥《とり》をみにいき、友人《ゆうじん》と釣《つ》りをし、おじいちゃんとおばあちゃんの家に妹《いもうと》といき、あれこれいそがしく、踊《おど》り場《ば》のことも思いださないまま、二学期《がっき》になった。

九月の、まだ暑《あつ》い日のことだ。

小学校の中庭《なかにわ》にあるウサギ小屋《ごや》は、五年生がそうじすることになっていた。二学期はぼくたちのクラスが当番《とうばん》で、その日はぼくたちの班《はん》が担当《たんとう》だった。

昼休《ひるやす》みのあと、十五分間《ふんかん》でそうじをする。そうじの音楽《おんがく》というのがずっとながれている。それがおわって五分たつと、五時間目のチャイムが鳴《な》る、というだんどりだ。

音楽《おんがく》といっしょにそうじがおわって、ぼくたちはウサギ小屋《ごや》にかぎをかけた。三分あればゆっくり教室《きょうしつ》にもどれる。と、そこで、小屋のなかにかたづけわすれたスコップがあることに気づいた。

かぎをかけたのはぼくで、とうぜん手にかぎをもっていた。だからぼくがスコップをとりにもどることになり、班《はん》のほかの子はさきに教室にかえった。

ひとりで小屋《こや》にはいると、暑《あつ》さと独特《どくとく》のにおいがつよくなった気がする。みんなといっしょのときにはそうでもなかったのに。そんなことを思いながらスコップを手にとった。そのとき、暑《あつ》さとにおいがとつぜん消《き》えた。そしてうしろから、声《こえ》がきこえた。

「いそがなくてもだいじょうぶ。」

まさか！

ふりかえると、七月のおばさんだった。肩《かた》にとまっているのはクロツグミだ。おばさんはつづけた。

「〈学校の時間〉はとまっている。話をきいてくれるだけでいい。あんたの権利《けんり》はまもられている。ふゆかいなことはおこらない。いやならいつでももとにもどれる。ひとこと、いやだといえばいい。それであんたは、スコップをもってウサギ小屋《ごや》に立ってる。」

また、あのふしぎな夢《ゆめ》がやってきた、とぼくは思った。

おばさんは、ウサギ小屋《ごや》のブロックの壁《かべ》にひとさしゆびで四角《しかく》の線《せん》をひき、扉《とびら》をだした。七月とおなじ扉だった。ウサギ小屋のブロックの壁にそんなきちんとした扉がついているのは、へんな感じだ。

おばさんの肩《かた》からぼくの肩へ、あのときとおなじはばたきで、クロツグミがやってきた。かるいショックと、かすかな重《おも》みも、あのときとおなじだ。

おばさんがドアのノブに手をかけたとき、ぼくは小声《こごえ》で鳥《とり》にたずねた。

「このひと、だれ?」

「ピキョッ、チヨジョさん。」

クロツグミは、天使《てんし》のささやき声でこたえた。

「チヨジョさん？」

「そう、チヨジョさん。」

「チヨジョさんって、なんなの？」

「なんだと思う？」

これは夢《ゆめ》だとわかっているから、ぼくは気軽《きがる》にこたえた。

「魔女《まじょ》？」

「そう、魔女、ねっ。」

と、クロツグミがささやいたとき、魔女《まじょ》のチヨジョさんはもう小部屋《こべや》のなかにはいっていた。七月のときと、まったくおなじ部屋だった。

「ピキョッ、はいろう。」

クロツグミにうながされて、ぼくも小部屋《こべや》にはいった。

二度目《どめ》だから、まえよりもおちついて部屋《へや》をみわたせた。

部屋《へや》の大きさは、教室《きょうしつ》の四分の一か五分の一といったところ。正面《しょうめん》の窓《まど》は、きょうはひらかれていて、外に葉《は》をつけた木がみえる。窓の近くまですすむと、そこは高台《たかだい》らしく、ずっとむこうにかたちのいい背《せ》の高い木が三本ならんでいるのがみおろせ、さらに遠くに海《うみ》がみえる。

部屋《へや》のなかにはいすが七つ八つあるが、かたちはいろいろだ。けれどどのいすも、すわるところは深緑《ふかみどり》の布《ぬの》がはられている。テーブルは小さいのが三つ。窓《まど》に近いテーブルには、ランプが台《だい》におかれている。いすもテーブルも古《ふる》くからつかわれているような感じだ。床《ゆか》には、かたく織《お》られたカーペットがしかれている。

あちこちをみているあいだに、おばさんはランプに火をつけていた。マッチをすったようすはなかった。魔女《まじょ》だから魔法《まほう》でつけたのだろう。カーテンがしめられ、いつのまにかうしろの扉《とびら》もしまっていた。

「すきないすにおすわり。」

ぼくはひじかけのあるいすにすわった。もっていたスコップは、足もとにおいた。クロツグミがとなりのいすの背《せ》もたれにとまった。

チヨジョさんとよばれる魔女《まじょ》のおばさんは、青いアイシャドウときらきらひかる目と赤いくちびるで、いった。

「きょうの話は、『はずかしがりやの魔女《まじょ》』という話でね、これもあんたの学校の話じゃない。三年生の男の子が出てくるよ。」

また魔女《まじょ》の話だ。魔女だから、魔女の話ばかりするのだな、とぼくはちらっとかんがえた。すぐに話がはじまった。

「ほら、あたらしい学校ってのができることってあるだろ——？」

ぼくは話にききいった。

はずかしがりやの魔女《まじょ》

そのあたりの畑《はたけ》やたんぼ、そして林《はやし》が、どんどん家《いえ》やマンションにかわっていくことがある。住《す》むひとがふえると、子どもたちの数《かず》もふえる。するとあたらしい小学校が必要《ひつよう》になる。

その小学校も、そうしてできた。まわりの、子どもの数が多《おお》くなりすぎた三つの小学校から、子どもたちがやってきた。

知っているひとは知っているが、たいていの小学校には魔女《まじょ》か魔法使《まほうつか》いがいる。小学校ができたときに校長先生《こうちょう》がやってくるように、魔女や魔法使いもやってくるのだ。多くの場合、近所の小学校の魔女や魔法使いにつれられ

てやってくる。

その小学校には、まわりの三つの小学校の魔女《まじょ》たちが、まだおさない魔女をつれて、やってきた。

「ほら、これがあんたの小学校だよ。とりあえず、とりつく場所《ばしょ》をきめな。」

おさない魔女《まじょ》はだまって、目をぱちぱちさせた。

「いったんとりついたら、あんたがあんたの課題《かだい》を解決《かいけつ》するまで、その場所からはなれることはできないからね。」

おさない魔女《まじょ》は目をふせて、ごくりとつばをのみこんだ。

「課題《かだい》を解決《かいけつ》するまでは、なにもたべられないし、のめない。その場所にとりついたままでいるんだよ。ま、それでも死《し》なないから安心《あんしん》しな。」

おさない魔女《まじょ》は下をみたまま、もじもじとした。

「課題《かだい》を解決《かいけつ》すれば、あんたは一人前《いちにんまえ》。晴《は》れてこの小学校の魔女《まじょ》になれる。」

「一人前《いちにんまえ》の魔女《まじょ》になれれば、どこへでもでかけることができる。すきな

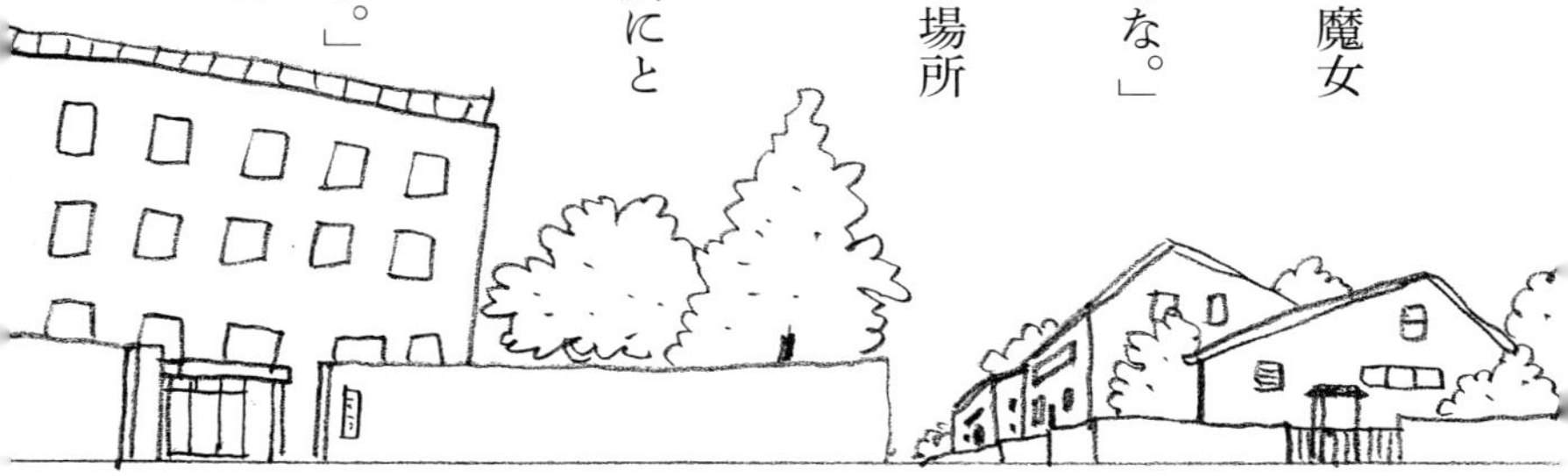

ものもたべられる。」

「一人前《いちにんまえ》の魔女《まじょ》になれば、この小学校のなかでふしぎをおこすしごとをすることができる。みんなにめいわくをかけるふしぎ、みんながしあわせになるふしぎ、なんだってあんたの思いのまま。」

三人の先輩《せんぱい》がつぎつぎにいったが、おさない魔女《まじょ》はうつむいて、もじもじするばかり。

「あんたねえ、」と、先輩《せんぱい》の魔女《まじょ》はふきげんな声をだした。「そんな調子《ちょうし》じゃ、一人前《いちにんまえ》の魔女になったところで、あたりまえみたいなふしぎしかおこせないよ。」

「あんたねえ、」もうひとりの魔女《まじょ》も腕《うで》をくんだ。「こうしてわたしたちがしんせつに教《おし》えてあげているのに、はい、とか、わかりましたとか、いったらどうなの？」

「あんたねえ、」と、三人目の魔女《まじょ》もまゆをよせた。「いままでも、

ずっとそうやって、カラにとじこもって、だまったままでそだってきたの？」

おさない魔女《まじょ》はほおを赤くして、やっとの思いでかすかにうなずいた。

「あんたの課題《かだい》がきまったよ。」三人の魔女《まじょ》は、にやりとわらいあった。「そのカラをやぶることだね。」


三年生のシュウがそこをみつけたのは、四月の学級会《がっきゅうかい》の時間に、クラス全員《ぜんいん》でかくれんぼをしたときのことだ。

シュウは、あまりクラスになじんではいなかった。まえから知っている子はい

なかったし、自分《じぶん》からだれかに話しかけるのも苦手《にがて》だった。そして、クラスでいちばんからだが小さかった。

だからこのときも、ずっとだれにもみつからないでかくれていられるのはどこだろう、とさがしながら、運動場《うんどうじょう》を走っていたのだ。

運動場をはしまでいくと、木が植《う》えこまれたところがある。そのすみに、こんもりと背《せ》のひくい木があった。シュウはふと思いついて、その木の下にはいりこんだ。

こがらなシュウでなければ、そんなことをしようと思わなかっただろう。はいつくばってもぐりこむと、そこはおわんをふせたようなところだった。ドーム形《がた》に葉《は》がぎっしりとしげっていて、葉のない内側《うちがわ》には、まがった枝《えだ》だけがのびている。でもシュウなら、むりをしないでしゃがんでいられた。外からはなかがみえないのに、内側からは、外のようすがくっきりみえる。シュウは、ここが気にいった。

——ひみつ基地《きち》。
ということばが頭《あたま》にうかんだ。

それからは、かくれんぼをしないときも、毎日《まいにち》のように
ここにやってくるようになった。
まわりにだれもいないことをたしかめて、木の下にもぐりこむ。腰《こし》を
おろして運動場《うんどうじょう》のほうをながめる。みんなが遊《あそ》んでいるのがみえる。そ
れだけでおもしろかった。たまに、すぐそこまでやってくる子がいる。
木の下のシュウには気《き》づかない。どきどきする。それもおもしろかった。
だれかにこの秘密《ひみつ》の場所《ばしょ》を教える、ということをかんがえないでもな
かった。いっしょにここにしゃがんで、ひそひそ声《ごえ》でしゃべりあうと、
きっとたのしいだろう。けれどざんねんなことに、そんなだれかはいな
かった。それに、いつだって、すてきななにかをみつけてだれかに話す

と、そのとたんにシュウのものではなくなってしまうのだ。この場所だけは、ずっと自分《じぶん》のものにしておきたかった。

ここをみつけて一週間《しゅうかん》ほどたったとき、いつものように木の下にもぐりこんでいたシュウは、とつぜん、自分《じぶん》がだれかといっしょにいるような気分《きぶん》になった。

あわててまわりをみまわしたが、もちろんだれもいない。だれかがいたらたのしいなんてかんがえたから、そんな気がしたのだと思った。

けれどそのことがあってから、木の下にはいると、いつだって、ほんとうにだれかがいるような感じがした。

あるとき、思いきって、そのだれかにささやき声《ごえ》で話しかけてみた。

「やあ。」

だれかに声をかけるのは苦手《にがて》だったが、みえない相手《あいて》になら話しかけるこ

とができた。もちろん、返事《へんじ》はない。でも、いったん「やあ」といってしまうと、なんだって話せるように思えてきた。なんだって話せるように思えたが、その日は、あと、

「ぼく、シュウっていうんだ。」

としか話せなかった。

最初《さいしょ》の日はそれだけだったが、つぎの日からは、木の下にもぐりこむと、みえない返事《へんじ》のない相手《あいて》にいろんなことを話すようになった。

「こんにちは。またきたよ。」ではじまって、

「ほら、あそこを歩いている青いシャツの男の子、まえの学校でいっしょだったんだ。いまはとなりのクラスだけどね。コウキっていうんだけどさ、とっても足がはやくてね。ぼく？　ぼくだってこうみえて、けっこうはやいよ。ああ、でも、コウキにはかなわないけどね。」

とか、

「あの赤い一輪車《いちりんしゃ》に乗《の》っている女の子、アキっていうんだ。ぼくのこと、一人前《いちにんまえ》じゃないみたいに思ってる。ぼく、背《せ》がひくいだろ。だからじゃないかな。このあいだのドッジボールのときだって、ぼくをねらえば当《あ》てられるのに、わざとべつの子をねらったんだ。」

とか、

「きょう国語《こくご》の授業《じゅぎょう》で『ひみつ』ということばが出てきたんだよ。『ひみつ』ということばをつかって、なにか文《ぶん》をつくることになってね、ぼく、よっぽどここのことを書こうかって思った。でも書かなかった。」

などと、ささやくのだった。

ある放課後《ほうかご》のことだ。

シュウが木の下にいると、サッカーボールが、まっすぐにこちらにはずんできた。

あっというまだった。ボールは、シュウがかくれている木に音《おと》をたててぶつかった。葉《は》のドームがゆれ、シュウのすぐ目の前で、枝《えだ》や葉のあいだに、がっしりはさまってとまった。

シュウは息《いき》をのんだ。

ボールをおってかけてきた上の学年の子が、砂《すな》ぼこりをたててとまった。そして、ボールをつかんで木からひきぬくと、すぐにいってしまった。シュウはつめていた息《いき》をはきだした。すると、べつの音がきこえた。すぐ近くで、シュウでないだれかが、ほっと息をはきだしたのだ。

――え？

シュウの胸《むね》がきゅうにどきどきしはじめた。

どきどきしながら、声《こえ》をかけてみた。

「みつからなかったねえ。」

「うん、みつからなかった。」

声がかえってきた。そして、すぐ、息《いき》をのむ気配《けはい》があった。女の子の声のような気がした。

「きみは、だれ？」

シュウはたずねてみた。返事《へんじ》はなかった。

木の下でシュウが声をきいたのは、そのときだけだ。

ざんねんなことに、それからあと、木の下にもぐりこんでも、だれかがいるような感じがしなくなった。

けれどそのころからシュウは、学校のなかで、ラッキーだなあと思うことが、たびたびおこるようになった気がする。

たとえば——。

給食《きゅうしょく》で、あまったハンバーグをもらえるジャンケンをしたとき、二十人を相手《あいて》に一度の勝負《しょうぶ》で勝《か》ったこと。

クラス対抗《たいこう》の全員《ぜんいん》リレーで、とつぜん足がもつれたコウキをおいこして、ヒーローになったこと。

アキがバレンタインデーにチョコレートをくれて、

「シュウ、なんだかかわったよね。いい感じになった。」

と、いってくれたこと――。

四年生になって、もうあの木の下にもぐりこめなくなったけれど、あの声は、いまもシュウの耳《みみ》にのこっている。

――「うん、みつからなかった。」――

「じゃ、またね。」

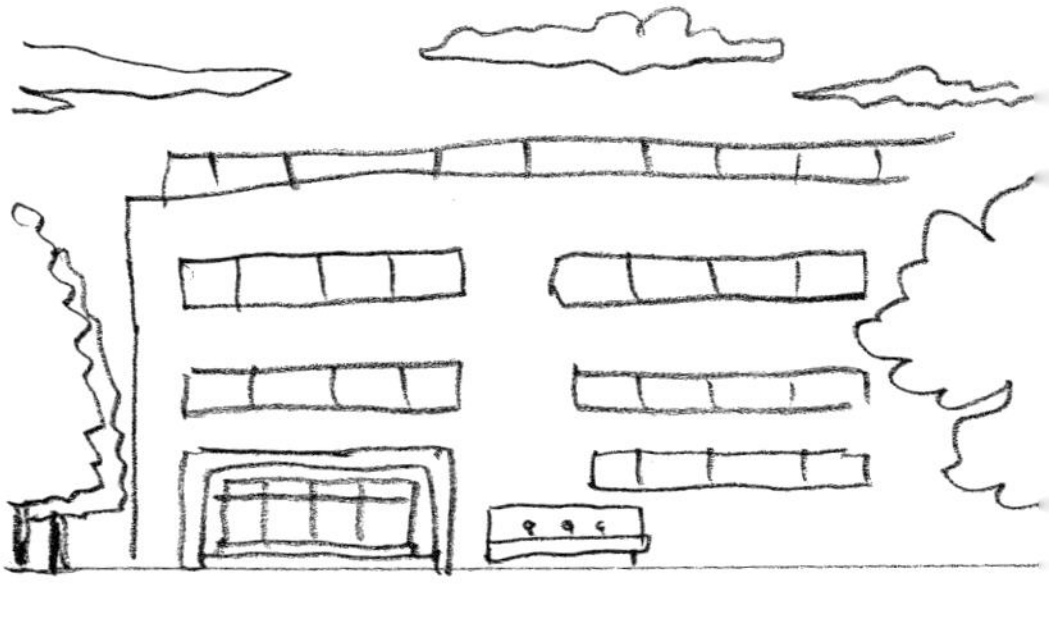

まえとおなじだった。ぼくが話にひきこまれてぼうっとしているあいだに、おばさんは青いアイシャドウの目を満足《まんぞく》げにほそめて、ランプの火を消《け》した。あたりが一瞬《いっしゅん》暗《くら》くなって、すぐに明《あか》るさとざわめき、ウサギ小屋《ごや》のにおいと暑《あつ》さがもどってきて、ぼくはスコップをもって立っていた。

なにがなんだかわからないまま、教室にもどった。そこで五時間目がはじまるチャイムが鳴《な》った。あの話のあいだ、ほんとうに学校の時間はとまっていたのだ。でなければ、とてもみじかいあいだに、ウサギ小屋《ごや》に立ったまま、夢《ゆめ》をみたのだ。五時間目は国語《こくご》だったけれど、ぼくは国語のことなんてぜんぜんかんがえられなかった。

——学校のなかで、あっというまに夢《ゆめ》をみることが二度《ど》あって、二度ともおなじおばさんが出てきて、お話をしてくれた。それって、あのおばさんがみさせている夢じゃないだろうか。

——魔女《まじょ》、とクロツグミはいった。チヨジョという名前だ、ともいった。魔女ならひとに夢《ゆめ》をみさせることもできるだろう。でも、なぜそんなことをするのだろう。なぜ夢のなかでお話をきかせてくれるのだろう。

――魔女《まじょ》がなにかしてくれるというので思いだすのは『ヘンゼルとグレーテル』。ごちそうをたべさせてくれるのだ。ふとらせてたべるために。お話をきかせて……、たべる？　まさか。たべないまでも、なにかのたくらみがあるのじゃないか……。

とりとめもなくそんなことをかんがえていて、とつぜん思いついた。

――クロツグミにされる！

という心配《しんぱい》だった。

――あのクロツグミも、もとは人間《にんげん》だったのではないだろうか。このことはなんとかたしかめたい。

そういう心配《しんぱい》だけでなく、お話のことも気《き》になった。

――あの話はほんとうにあったことなのか、あのおばさんがつくった話なのか、どちらなのだろう。もしもほんとうにあったことなら、この小学校にも魔女《まじょ》がいるのだろうか。

——あのチヨジョというおばさんが、この小学校の魔女《まじょ》ではないだろうか。

——『じゃ、またね』とおばさんはいった。七月にもたしかそういったのだ。そして九月にあらわれた。すると、またおばさんはあらわれるのだ。たぶん。

——きょうの話しかたは、まえほどおしつけがましく感じなかったけど、ぼくがなれたからか、そういう話だったからか……。

——どちらの話もおもしろかった。きいたことのない話だった。

——もっとクロツグミと話がしてみたい。

あれやこれやと、考えや思いが頭《あたま》のなかにあらわれては消《き》えた。

魔女《まじょ》がぼくをたくらみのなかにひきこもうとしているという不安《ふあん》と、つぎの話はどんな話だろうという気持ちのあいだで、ぼくはおちつかない毎日《まいにち》をすごした。

そんなある日、ぼくはふと思いついて、七月の話と九月の話を、できるだけ正確《せいかく》に思いだして、ノートに書くことにした。

十一月のこと

ひげの魔《ま》女《じょ》

三度目《どめ》は十一月のことだ。

音楽会《おんがくかい》を一週間後《しゅうかんご》にひかえた、さわやかな秋《あき》の放課後《ほうかご》、リコーダーを担当《たんとう》するぼくたちが、教室《きょうしつ》にのこって練習《れんしゅう》をしていた。なんどやってもそろわないところがあって、練習するようにいわれていたのだ。

とつぜん、ぼくたちのリコーダーよりも美《うつく》しい音色《ねいろ》がきこえた。

「ピキョピキョピィーヨ……。」

ぼくはどきっとした。こんな鳴《な》きかたをする鳥《とり》は、一羽《わ》しか知らない。ふりかえると、思ったとおり、あけはなした戸《と》のむこうにクロツグミがみえた。ろうかの手すりにとまって鳴いている。

ぼくといっしょに何人《なんにん》かが鳥をみた。けれど、ああ、鳥か、と目をもどした。めずらしい鳥だとも思わないらしい。クロツグミはぼくと目があうと、首《くび》をくいっとひねってから、両足《りょうあし》をそろえてぴょんぴょんと移動《いどう》し、またこちらをみた。こちらにおいで、といっているのにちがいなかった。

胸《むね》がどきどきした。クロツグミについていけば、きっと魔女《まじょ》がまっている。そしてきいたこともない話をしてくれるのだ。けれどもしかするとそれは、ぼくをなにかのたくらみにおとしいれるためかもしれないのだ。

――どうしよう。

「ピキョピキョプィーヨ……。」

クロツグミがもういちど首《くび》をしゃくった。

ぼくは反射的《はんしゃてき》に鳥《とり》にうなずいていた。こんな鳥にさそわれたら、だれがことわれるだろう。クロツグミはうなずきかえして、首をかしげたかたちで動《うご》きをとめた。なんてかわいいんだ。

――もういちど魔女《まじょ》にあおう。もういちどあって、どんなたくらみをしているのか、ようすをさぐろう。それでいやならいやといえばいい。

ぼくは、いくことにした。

ちょっと用《よう》があるふりをして教室《きょうしつ》を出た。すぐにクロツグミがやっ

てきて、ぼくの肩《かた》にとまった。そしてささやいた。

「ピキョッ、チヨジョさんが、体育館《たいいくかん》のうらで待《ま》ってる。」

体育館のうらにいくまでに、いくつか質問《しつもん》ができる、
と思った。

「きみは、クロツグミのオスだろ?」

「そっ。よく知ってるねっ。」

「生《う》まれたときから、ずっとそう?」

「ピキョッ、それ、どういう意味《いみ》? そうにきまってる
じゃないか。」

「鳥《とり》になるまえは人間《にんげん》だった、とかじゃないの?」

「まさか。」

「じゃあ、どうしてしゃべれるの?」

「寒《さむ》くなって海《うみ》を渡《わた》りそこねたぼくは、チヨジョさんに

たすけられたんだ。ねっ。そのときに、しゃべれるようにしてくれた。」

だれにもあわずに歩けたから、ぼくは肩《かた》にとまった鳥《とり》と話をすることができた。けれど、だれにもあわなかったということは、このときにはもう〈学校の時間〉はとまっていたのかもしれない。

「ねえ、これって、ほんとうのことなの？　それとも、夢《ゆめ》なの？」

「それ、まえにもいったねっ。これは、チヨジョさんがおこした、ほんとうのことだけど、もしもきみが夢だと思うなら、夢だねっ。」

わからなかった。しかしたずねたいことは、たくさんある。

「どうしてチヨジョさんは、ぼくにお話をきかせてくれるの？」

「きかせたいんだろっ。」

「それだけ？」

「そっ、それだけっ。」

「チヨジョさんって魔女《まじょ》だろ?」

「そっ、魔女、ねっ。」

「魔女《まじょ》がどうしてきみをたすけたり、ぼくにお話をきかせてくれたりするの？　魔女ってわるいことをするんじゃないの?」

「魔女《まじょ》も人間《にんげん》も、いいこともすれば、わるいこともする。ねっ。チヨジョさんが退職《たいしょく》するまでにどんなことをしたか知らないけど、でも、わるいかわるくないかっていうのは……。」

ぼくはクロツグミの声をさえぎった。

「退職《たいしょく》っていった?」

「退職?　いったよ。」

「魔女《まじょ》に、退職《たいしょく》ってあるの?」

「あるらしいね。チヨジョさんがそういっていたもの。」

「魔女《まじょ》が、退職《たいしょく》……!」

「自分《じぶん》できめるらしいよ。」

「退職《たいしょく》してからは、わるいことはしていないの？」

「ピキョッ、わるいことって、どんなこと？」

「されたひとがいやだなって思うこと。」

「ううん……。いちどだけ、あるひとを二、三時間しゃべりにくくしたことがあるみたいだけど、それからあと……、うん、いまのところは、していない。」

――いまのところはわるいことをしていない。

ぼくは心のなかでつぶやいて、すこし安心《あんしん》した。

体育館《たいいくかん》のうらに、チヨジョさんは、いまから魔女役《まじょやく》で芝居《しばい》に出るひとのようなすがたで立っていた。ぼくをみると、ほほえんで、いった。

「いそがなくてもだいじょうぶ。〈学校の時間〉はとまっている。話をきいてくれるだけでいい。あんたの権利《けんり》はまもられている。ふゆかいなことはおこらない。いやならいつでももとにもどれる。ひとこと、いやだといえばいい。それであんたは、体育館《たいいくかん》のうらにいる。」

退職《たいしょく》したという魔女《まじょ》は、体育館の壁《かべ》にひとさしゆびで扉《とびら》をだした。まえとおなじ扉だ。あけると、おなじ小部屋《こべや》だった。ただ、窓《まど》のむこうの木に黄色《きいろ》の小さな花がたくさんついていて、いいにおいがした。ずっとむこうの三本の木は、かすかに黄色っぽくなっている。きょうは空気《くうき》が澄《す》んでいて、海《うみ》がくっきりみえた。

「ここはどこ？」

小声《こごえ》でたずねると、

「チヨジョさんのおうち。」

と、クロツグミがこたえた。

いつものようにぼくはいすをえらんですわり、クロツグミがとなりのいすの背《せ》もたれにとまった。ランプに火がつけられて、カーテンがひかれた。チヨジョさんは、ランプの光に赤いくちびるをひからせていった。

「きょうの話は『ひげの魔女《まじょ》』という話でね。二年生の女の子が出てくる。」

やはり魔女《まじょ》の話だ。

「それも、小学校の魔女の話？」

と、ぼくはたずねた。

「そうだよ。」

「たいていの小学校に魔女《まじょ》か魔法使《まほうつか》いがいるって、まえにいったでしょ？　ぼくの小学校にも、いるの？」

「いまは、どちらもいない。」

「なんだ、ざんねんだなあ。どうしていないいんだろう。」

「そのうちにだれかがくるだろ。でも、ことしはこない。わたしがうろついているからね。魔女《まじょ》や魔法使《まほうつか》いがいない学校を、わたしがえらんだんだよ。」

それ、どういう意味《いみ》だろう、と思ったけれど、チヨジョさんは話をはじめてしまった。

「小学校の魔女《まじょ》や魔法使《まほうつか》いたちがあつまる会《かい》っていうのがあるらしくってね、それぞれが自分《じぶん》の小学校でおこしたふしぎを、報告《ほうこく》するっていうんだ――。」

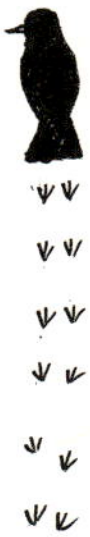

ひげの魔女《まじょ》

その日、このあたりの小学校の魔女《まじょ》や魔法使《まほうつか》いは全員《ぜんいん》ねむかった。前夜《ぜんや》、集会《しゅうかい》があったせいだ。この一年にどんなふしぎをおこしたか報告《ほうこく》しあう集会は、夜《よる》の十二時にはじまって、朝《あさ》の六時までつづいた。魔女《まじょ》や魔法使《まほうつか》いなら夜《よ》ふかしはとくい、と思うひともいるかもしれない。でも小学校の魔女や魔法使いはちがう。なにしろふだん子どもたちが小学校にきている時間に活動《かつどう》する。すっかり昼型《ひるがた》の生活《せいかつ》なのである。

さて、このお話に出てくる小学校の魔女《まじょ》は、ねむいだけでなく、ふきげんだった。というのは、まず自分《じぶん》がした報告《ほうこく》の評判《ひょうばん》がよくなかった。ウサギ小《ご》

屋《や》のウサギや、池《いけ》のカメの数《かず》を、ふやしたりへらしたりするというふしぎを報告《ほうこく》したのだが、みんなにさんざんけなされた。

「スケールが小さい。」

「毒《どく》にも薬《くすり》にもならない。」

などといわれた。つまり、ほかの魔女《まじょ》や魔法使《まほうつか》いたちが理想《りそう》にするふしぎは、スケールが大きく、いいにせよ、わるいにせよ、学校になにかの結果《けっか》をもたらすものだというのだ。ウサギやカメの数がふえたりへったりしても、ごく一部《いちぶ》のかわりものの注意《ちゅうい》しかひかないというのである。

おまけにこの魔女《まじょ》は、集会《しゅうかい》のあとかたづけの当番《とうばん》だった。集会はのんだりたべたりしながらおこなわれる。だからあとかたづけはたいへんだ。しごとがかたづいて自分《じぶん》の小学校にもどってきたときには、もう二時間目がおわるころだった。

「やれやれ。」

と、すがたを消《け》した魔女はつぶやいた。それから大きなあくびをした。そして、ひとねむりしていやなことはわすれようと、保健室《ほけんしつ》のベッドにもぐりこんだ。

そのとたん、ドアががらりとひらいた。

「シュビドゥビ、ジュビドゥバ、ジュバディバア……。」

ペタタタ、パタタタ、ペタパラッタ……。

陽気《ようき》な歌声《うたごえ》とステップをふむスリッパの、耳《みみ》ざわりな音《おと》がおそってきた。保健室《ほけんしつ》の先生だ。この先生は、まわりにだれもいないとうたっておどるのだった。

──ケッ。

魔女《まじょ》は心のなかでつぶやいて、保健室《ほけんしつ》を出ていった。そして運動場《うんどうじょう》のはずれの芝生《しばふ》でねむることにした。そこにはめったに子どもたちがこないのだ。

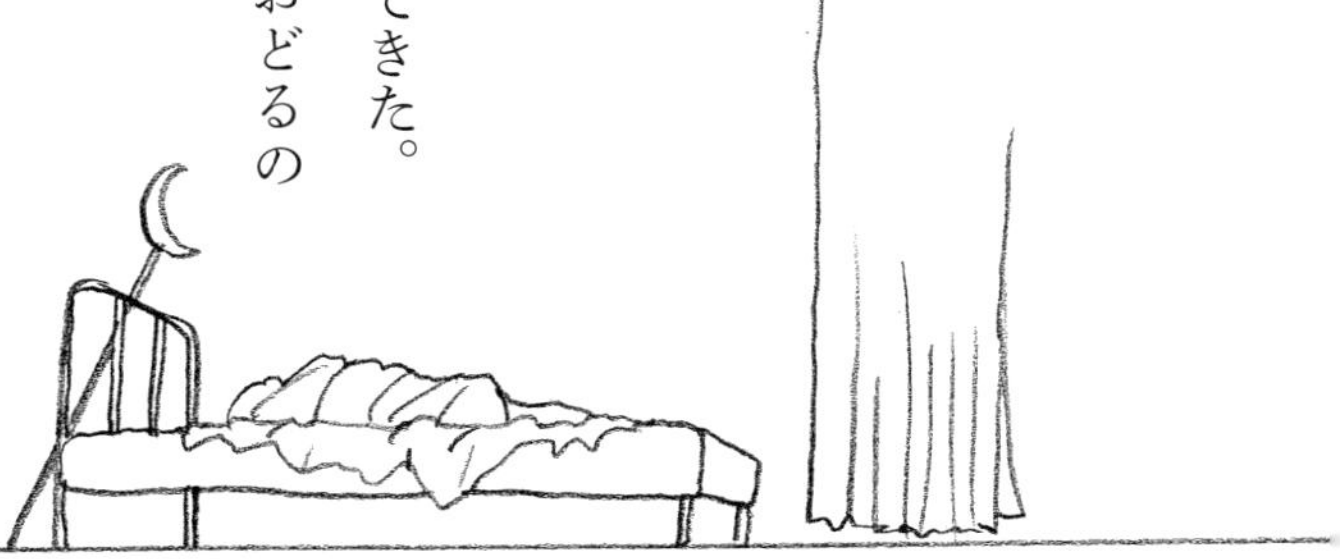

ところが横《よこ》になったかならないかで、

「きぃー！　やめてよ！」

女の子のかんだかい声。

「こっちにこないで！　きぃー！」

女の子がカマキリをもっておいかける男の子からにげまわっているのだ。にげればにげるほど、男の子はおもしろくなり、また女の子はにげているうちに、にげることも「きぃー！」とさけぶのもたのしくなり、こんな運動場《うんどうじょう》のはずれまでやってきたのだ。

魔女《まじょ》はこの「きぃー！」がだいきらいだった。

――チェッ！

心のなかで舌打《したう》ちをして、魔女《まじょ》は芝生《しばふ》からにげだした。

つぎは階段《かいだん》をのぼりきったつきあたりでねむることにした。うとうとしかけたところで、

「まあ、ここはわたしがおはらいしますわ。」

「いえいえ、おくさま、ここはわたくしが。」

女のひとのことばでしゃべる男の子の声がひびきわたった。休《やす》み時間になって、おたのしみ会《かい》のコントの練習《れんしゅう》をしにやってきたのだ。

――ゲ！

魔女《まじょ》は顔《かお》をしかめてにげだした。そして中庭《なかにわ》のクスノキのてっぺんでねむることにした。目をとじたところで、めちゃくちゃな音がきこえてきた。クスノキのてっぺんは、ちょうど音楽室《おんがくしつ》の目の前だったのだ。

音楽《おんがく》の授業《じゅぎょう》がはじまるまえ、先生がいないのをいいことに、楽器《がっき》であそんでいるらしい。大太鼓《おおだいこ》、小太鼓、シンバル、ピアノ、リコーダー、木琴《もっきん》、カスタネット、あらゆる楽器の音が、魔女《まじょ》の眠《ねむ》りのじゃまをした。とりわけ、リコーダーで吹《ふ》くラーメン屋《や》のチャルメラのメロディーが、かんにさわった。

ここで、魔女《まじょ》のがまんはぷつんと切《き》れた。

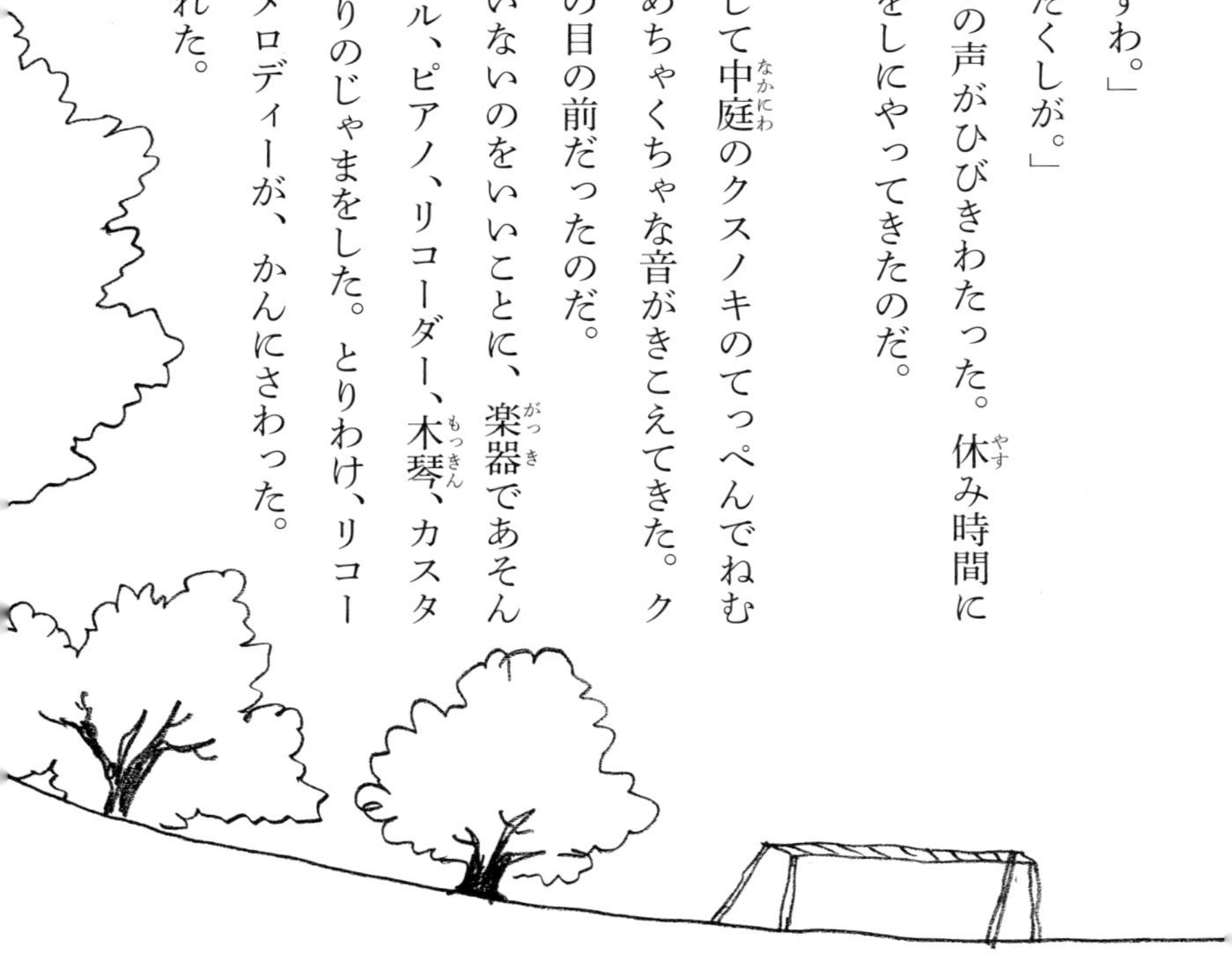

魔女《まじょ》はぶつぶつと口のなかで、なにかつぶやいた。

すると、とつぜん学校中がしずまりかえった。

大太鼓《おおだいこ》をたたいていた子は、大太鼓をたたいていた姿勢《しせい》で、黒板《こくばん》ふきをはたいていた子は、黒板ふきをはたいていたかっこうでかたまった。全員《ぜんいん》が、そのままのかたちで、ねむってしまったのだった。

あんまりとつぜんしずまりかえったので、魔女《まじょ》のほうがおどろいた。

クスノキのてっぺんからまわりの教室やろうかをみると、いままでさわぎまわっていた連中《れんちゅう》が、それぞれのかたちで、ろう人形《にんぎょう》のようにじっとしている。

時間がとまったみたいだ。

——ほほう……。

魔女《まじょ》はみとれた。

あんまりおもしろいので、クスノキからおりて、みてまわる

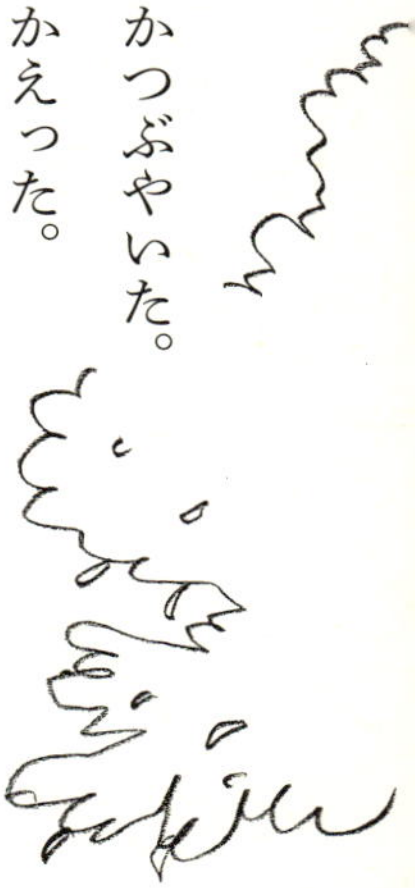

ことにした。こうなるとすがたを消《け》している必要《ひつよう》もない。魔女《まじょ》らしいすがたをそのままあらわして、みんなのなかを歩きまわった。

いすから立ちあがろうとしている子、階段《かいだん》をおりる子、くつをはこうとしている子、どの子もおもしろかったが、運動場《うんどうじょう》でからだをうごかしていた子たちが、とりわけきみょうだった。走《はし》っていた子など、つまさきだけが地面《じめん》についていて空中《くうちゅう》に浮《う》かんでねむっているのだ。

——わたし、こんなこともできたんだ！

これって、スケールの大きいふしぎじゃない？

そう思うと、笑《わら》いもこみあげてきた。

職員室《しょくいんしつ》はどうなっているだろう、とようすをみにいこうとしたとき、

——おや？

むこうからひとりの女の子が歩《ある》いてくるのが目にはいった。

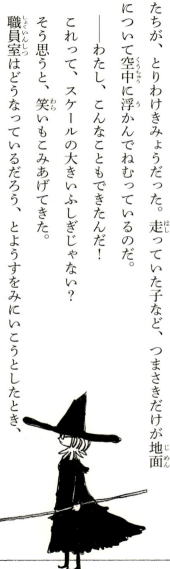

二年生のミカの家《いえ》は、小学校のすぐとなりにあった。ほんとうはいったん学校にくると、かってに家にもどってはいけない。けれどミカの場合《ばあい》、裏庭《うらにわ》のへいをひょいとこえると自分の家の庭だった。忘《わす》れものをしたときなど、ミカはときどき、こっそり家にもどった。庭のへいには、それ用《よう》のはしごさえ立てかけてある。

その日は家で飼《か》っているハムスターにちゃんとえさをやったかどうか心配《しんぱい》になって、二時間目のあとの休《やす》み時間にたしかめにいったのだ。えさはだいじょうぶだった。ほっとして学校にもどろうと、はしごに足をかけたとき、きゅうにあたりが静《しず》かになった。

それまでつづいていた、休み時間のさわがしさが消《き》えたのだ。

――どうしたんだろう。

ミカはへいをのりこえ、だれもいない裏庭《うらにわ》から、校舎《こうしゃ》をまわって、運動場《うんどうじょう》にいそいだ。そして、たまげた。

べつの世界《せかい》にやってきたみたいだった。みんなが、なにかをしている姿勢《しせい》のまま、うごかないのだ。どこかでみた、ろう人形館《にんぎょうかん》のようだ。夢《ゆめ》をみている、と思った。目をこすった。でも、ろう人形の世界《せかい》はかわらなかった。

校舎《こうしゃ》にはいっても、やはりおなじだ。ろうかを歩《ある》いている子、くつをはきかえている子、友《とも》だちに話しかけている子、みんなじっとしている。おなじクラスのマリちゃんとレイナちゃんがいた！　肩《かた》をくんでわらいあって、かたまっている！

「マリちゃん！　レイナちゃん！」

ミカはマリちゃんの手にさわった。あたたかい。それにふたりの胸《むね》がゆっくりと上下《じょうげ》している。

ねむっているのだ！

「マリちゃん！　レイナちゃん！」

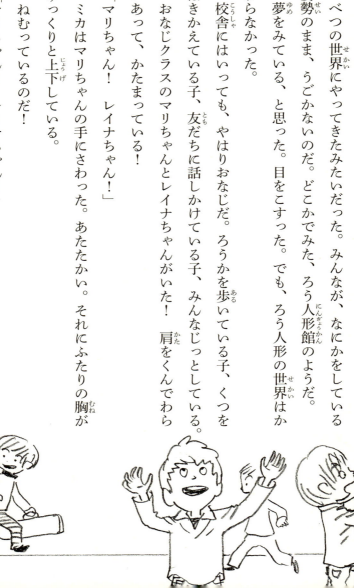

ゆすってみた。おきない！

なにも知らずに、わらいあったまま。かわいそうに！

——たいへんだ！

どうすればいいだろう。

——先生にいわなくちゃ。

と思った。立ったままねむっている子たちをぬって、職員室《しょくいんしつ》にいそいだ。

するとむこうから、魔女《まじょ》のような帽子《ぼうし》をかぶり、魔女のような服《ふく》をきた女のひとが歩いてくるのが目にはいった。そのひとはミカをみると、おどろいたような顔《かお》で立ちどまった。

みんながねむっている、魔女《まじょ》のようなひとがいる、答《こた》えはひとつだと、ミカは思った。そう思うと、そのひとをにらみつけて、さけんでいた。

「あなたが、みんなを、ねむらせたんでしょ！」

魔女《まじょ》は全員《ぜんいん》がねむっていると思っていた。なのに、目《め》ざめている子があらわれて、こちらをにらみつけてさけんできたのだ。うろたえてしまった。自分《じぶん》がとてもひどいことをしてしまったような気分《きぶん》になった。そこで、こうこたえた。

「あ、いや、わたしじゃありません。」

「じゃあ、だれがみんなをねむらせたの？」

女の子はするどくたずねた。

「あ、それは、そう、わたしじゃなくて、わるい魔女《まじょ》が、のろいをかけたらしいのよ。」

「のろい？　こんなひどいことを？」

「そう、のろい。こんなひどい……、ことを。」

「それって、とてもわるい魔女《まじょ》だ。」

「あ、ああ、そう、とてもわるい……。」

調子《ちょうし》をあわせてうなずきながら魔女《まじょ》は、そんないいかたをしなくても

いいのではないか、と思った。ちょっとねむらせただけではないか――。

「すると、あなたは、いい魔女《まじょ》なのね。」

とつぜんいわれて、魔女はうなずいてしまった。

「あ、そう、もちろん、そう。」

「じゃあ、そののろいをといてちょうだい。」

そういわれて、魔女《まじょ》は、

「うーん……。」

と、かんがえた。

「のろいをとく方法《ほうほう》があるのでしょ？」

女の子が心配《しんぱい》そうにたずねたとき、ようやく魔女《まじょ》は、この子をからかってやろうという気分《きぶん》になった。ここまでは相手《あいて》のペースにおされていたのだ。

「方法《ほうほう》はある。方法はあるけれど、わたしにはできないの。でも、あんたにならできる。」

もちろんこれはほんとうではなかった。この魔女《まじょ》がかけたのろいだから、この魔女にとけないわけはない。

「わたし？」女の子はおどろいた。「わたしがどうすればいいの？」

魔女《まじょ》はうんうんとうなずきながら、すばやく目をはしらせた。職員室《しょくいんしつ》の前には、落《お》としものの棚《たな》があった。いろんなものがならんでいる。ぼうし、うわぎ、水筒《すいとう》、ボール、筆《ふで》ペン……。

「そののろいをとくには、学校中のみんなにひげをかけばいい。」

「なんですって？」

「学校中の全員《ぜんいん》にひげをかけば、みんなの目がさめる。のろいがとける。」

それでのろいがとける、というのはほんとうだった。いや、いまほんとうになった。のろいをかけた本人《ほんにん》が、こうすればとける、とことばにしたのだ

から。

「ひげって……、どうやって……。」

とほうにくれる女の子に、魔女《まじょ》は、いま気《き》づいたようにまゆをあげた。

「おや、ここに、ちょうどいいものがある。」そういって、落《お》としものの棚《たな》から、筆《ふで》ペンを手にとった。まだたっぷり墨《すみ》もはいっていそうだ。「これで、学校中のみんなに、ひげをかいておやり。」

ミカはまず運動場《うんどうじょう》の子からはじめた。

ほかの子の顔《かお》に筆《ふで》ペンでひげをかくのは、さすがに気がひけた。はじめはおそるおそる鼻《はな》の下に、ちょっと墨《すみ》をぬるていどのことですませた。

ひげをかいてまわるミカのあとをついて、魔女《まじょ》はできばえをたのしんだ。おもしろい顔《かお》になるのもゆかいだったが、ひとの顔に落書《らくが》きをするのに、わるいなとえんりょするミカをみるのもゆかいだった。

けれど、ひとの顔《かお》に落書《らくが》きをするのをためらったのは、はじめの二十人ほどだった。五十人もすぎたあたりではなんのえんりょもなく、ぐいとひげをかくようになった。

そのうちに、ひげのかたちに変化《へんか》をつけたくなったらしい。八《はち》の字《じ》ひげをかくようになった。その八の字のさきをぴんとはねあげて、にやっとミカがわらったときには、うしろでみていた魔女《まじょ》はびっくりした。

——さっきまで、えんりょしていたのに！

それからあとは、たのしんでいるようにみえた。ちょびひげ、ネコのひげ、やぎひげ、なまずひげ、コントに出てくるどろぼうのように口のまわりをかこむひげ……。ミカがあたらしいひげを思いつくたびに、魔女《まじょ》は感心《かんしん》した。

運動場《うんどうじょう》がおわると、校舎《こうしゃ》のなかにはいっていった。

ろうか、教室《きょうしつ》、トイレ、保健室《ほけんしつ》、それに、職員室《しょくいんしつ》の先生たち、給食室《きゅうしょくしつ》の調《ちょう》

理員《りいん》さん、用務員《ようむいん》さん……。この小学校のおとなと子ども、ぜんぶで三百二十五人に、ミカはひげをかきこんだ。

最後《さいご》は校長室《こうちょうしつ》の校長先生にどろぼうのひげをかいた。

これで全員《ぜんいん》、のはずだった。けれど、だれの目もさめなかった。

「のろいがとけない。」

と、ミカは魔女《まじょ》にいった。

魔女はにやりとわらって、ミカをゆびさした。

「え？　わたしも？」

「学校中のみんなにひげをかくっていったろ。」

たしかにそういった。

ミカは洗面所《せんめんじょ》の鏡《かがみ》の前にいって、八の字のぴんとはねたひげをかいた。けれど、だれも目ざめなかった。

「のろいがとけない。」

と、ひげのミカが魔女《まじょ》にいった。

どうしてだろう、と魔女《まじょ》は首《くび》をひねった。

「学校中のみんなに……。」

とつぶやく魔女《まじょ》の鼻《はな》の下に、ミカの筆《ふで》ペンがすっとのびた。

そのとたん、学校中の空気《くうき》がゆるんだ。ひと呼吸《こきゅう》あって、まわりは笑《わら》い声《ごえ》でいっぱいになった。おたがいの顔《かお》をみあって、わらいだしたのだ。

魔女《まじょ》はあわてて、すがたを消《け》した。

いつまでもみんなはわらいあった。

つぎの年の集会《しゅうかい》で、魔女《まじょ》はこの日のことを報告《ほうこく》した。一年まえとはおおちがいで、たいへん評判《ひょうばん》がよかった。そして、そのときから、この魔女はひげの魔女とよばれるようになったのである。

「じゃ、またね。」

といって、チヨジョさんがランプを消《け》そうとするとき、ぼくは思わずいってしまった。

「またね。」

ランプの芯《しん》をみじかくする手が一瞬《いっしゅん》とまり、チヨジョさんはぼくをみて笑顔《えがお》になった。それから、火を消《け》した。

暗《くら》やみから体育館《たいいくかん》のうらにもどったぼくは、すぐ目の前に、黄色の小さな花をつけた木が立っているのに気づいた。いいにおいがしている。チヨジョさんの小部屋《こべや》の前にあったのと同じ木だ。名前を書いた木の札《ふだ》がかかっている。「キンモクセイ」。ぼくはこのとき、この木の名前をおぼえた。

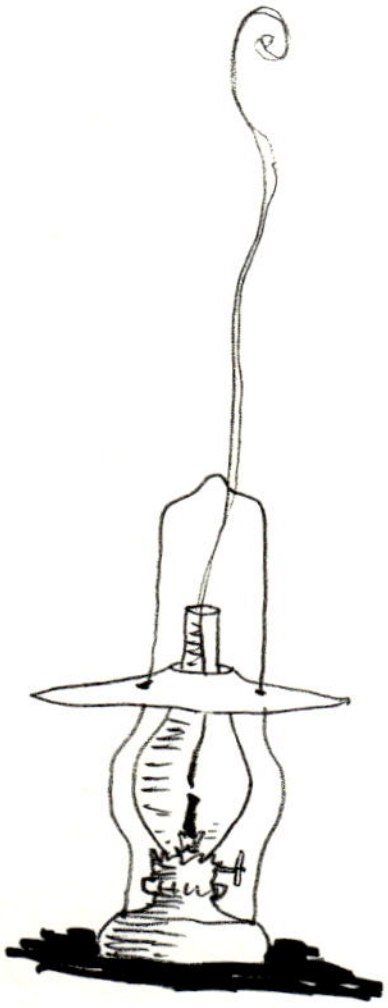

一月のこと……………………

タワシの魔女《まじょ》

つぎにチヨジョさんがあらわれたのは、一月の雪《ゆき》のふる日だ。その日、ぼくは寝《ね》すごして朝《あさ》ごはんをたべていなかった。こういう日は給食《きゅうしょく》がまちどおしい。

いよいよ給食、というところでチヨジョさんがあらわれた。ろうかを本人《ほんにん》がやってきて、ぼくと目をあわせて、うなずいてみせ、そのままとおりすぎた。

ふしぎなのは、あんなにかわったかっこうをしたひとが歩《ある》いているのに、だれもふりかえらないということだ。もしかすると、みんなにはみえていないのかもしれない。

給食《きゅうしょく》の準備《じゅんび》にまぎれて、ちょっとトイレにでもいくという感じで、ぼくは教室《きょうしつ》をぬけだした。

チヨジョさんは、そのトイレの前でまっていた。

「クロツグミはどうしたんですか？」

肩《かた》にとまらせていなかったのだ。

「家《いえ》にいる」と、チヨジョさんはいった。

「知ってのとおり、クロツグミは寒《さむ》いのが苦手《にがて》でね。」

そうだった。もともと、夏《なつ》の鳥《とり》なのだ。でも、あれ？　と思った。

「知ってのとおりって、どうして、ぼくがそんなことを知っていると……？」

チヨジョさんは一瞬《いっしゅん》つまって、

「だって、鳥《とり》がすきなんだろ。」

と、いった。

「どうして、鳥がすきだと……？」

「だって、ほら、そう、クロツグミって知っていたじゃないか。クロツグミを知っている小学生なら、鳥がすきだろう。」

チヨジョさんはそれよりもどこに扉《とびら》をだそうかとまよっているふうで、けっきょくゆびさしたのは、女子トイレと男子トイレのあいだの壁《かべ》だった。そんなところにしなくてもいいんじゃないか、とぼくは思ったが、チヨジョさんは気にしていないようだった。

いつものように扉《とびら》を出現《しゅつげん》させると、ふりむいた。

「いそがなくてもだいじょうぶ。〈学校の時間〉はとまっている。話をきいてくれるだけでいい。あんたの権利《けんり》はまもられている。ふゆかいなことはおこらない。いやならいつでももとにもどれる。ひとこと、いやだといえばいい。それであんたは、トイレの前に立っている。」

ぼくはチヨジョさんのことばにあわせて、おなじことばを頭《あたま》のなかでつぶやいていた。なんどもきかされると、おぼえてしまう。

あたたかい小部屋《こべや》のなかに、クロツグミはいた。ぼくをみると「ピキョッ」と鳴《な》いて、まっすぐこちらにやってきた。はばたきと肩《かた》にとまるかるいショックがいい感じだ。

「よっ。」

と、クロツグミはいった。

「海《うみ》を渡《わた》らないんだ。」

ぼくが小声《こごえ》でいうと、

「そっ。こういう暮《く》らしをのぞんだから。」

と、鳥《とり》はさわやかにこたえた。そのとき、ぼくのおなかがグウと鳴《な》った。すると思いだした。

「ぼく、おなかがぺこぺこなんだ。」

鳥《とり》にいったつもりだったけど、チヨジョさんが、あ、と顔《かお》をあげて、すこしかんがえた。

「ちょっとおまち。」

そして、いまはいってきた扉《とびら》をあけて、外へ出ていった。そこはトイレの前ではなかった。みたこともない、家《いえ》のなかのろうかだった。暗《くら》い赤色のカーペットがしかれている。洋館《ようかん》ふうの家《いえ》のなか、という感じだ。

ぼくはろうかをゆびさして、クロツグミにたずねた。

「チヨジョさんの、おうちのなか？」

「そっ。」

クロツグミはうなずいた。

「ここはどこなの？　チヨジョさんのおうちは、どこにあるの？」

「学校とつづきの陸地《りくち》にあるよ。」

ぼくは窓《まど》から外《そと》をみようと、あたたかい空気《くうき》でくもったガラスを、手でぬぐった。学校の中庭《なかにわ》とおなじように雪《ゆき》がふっている。すぐ前のキンモクセイは、あちこちに雪がつもっていて、もう花はない。雪の庭は白い柵《さく》でかこまれていて、道のむこうにもおなじように庭のある家《いえ》がつづいている。それがひくくなっていくのは、ここが丘《おか》の上か、中腹《ちゅうふく》ということだろう。すこしくだったところに、かたちのいい大きな木が三本、葉《は》を落《お》として、雪の空《そら》に枝《えだ》をひろげている。

「さあ、これをたべなさい。」

とつぜんの声《こえ》にふりむくと、チヨジョさんがテーブルのひとつに、おぼんからカレーライスと牛乳《ぎゅうにゅう》をおくところだった。

魔女《まじょ》のカレーライスはどんな味《あじ》かと期待《きたい》したが、ふつうの味だ。給食《きゅうしょく》のカレーとかわらない。

「たべる?」

クロツグミにすすめてみたが、

「気持《きも》ちだけ、ね。」

と、ことわられた。

ぼくがたべていると、チヨジョさんは窓《まど》の外《そと》をみながら、いった。

「小学校の魔女《まじょ》や魔法使《まほうつか》いたちは、おたがいをあだ名《な》でよんでいる。ほら、ひげの魔女だって、ひきおこしたできごとが、まわりのみんなにおもしろがら

れて、そうよばれるようになっただろ。きょうの話は『タワシの魔女《まじょ》』っていうんだけど、やはり、ひきおこしたできごとから、そうよばれるようになったんだ。あ、この話には一年生の女の子が出てくるよ。」

たべおわると、話がはじまった。

「そりゃまあ、たしかに、リミコは、シンタがつまずくように足をだしたよ……。」

「ちょっとまって。」ぼくはさえぎった。「とつぜん『そりゃまあ』なんてはじまる話がある？」

「あったら、だめ？」

「いや、だめってことはないけど……。」

「じゃ、いくわよ。そりゃまあ……。」

タワシの魔女《まじょ》

それはたしかに、リミコはシンタがつまずくように足をだした。一年一組のリミコのことである。

シンタの鼻《はな》がリミコの鼻にくらべてずいぶんひくいと、泣《な》くほどわらったのもリミコだった。

だれにでもわかる答《こた》えを、先生にあててもらおうと、ほかの子の十倍《ばい》くらいのいきおいで、

「はい！　はい！　はい！　はい！」

と、やかましく手をあげ、腰《こし》をうかすのもリミコだった。

風船《ふうせん》を針《はり》でつついて割《わ》るというおもしろそうな役《やく》を「だれにしてもらおうかな」と、先生がみんなをみたとき、

「わたしが！　わたしが！　わたしがやります！」

とさけびまくって、その役《やく》をとったのもリミコだ。

給食《きゅうしょく》のピーマンをとなりのシンタの食器《しょっき》にいれたのもリミコなら、国語《こくご》の漢字《かんじ》テストで、そのシンタに「みせて！」と目であいずをしたのもリミコだ。

そのうえ、授業中《じゅぎょうちゅう》しゃべりつづけて先生に注意《ちゅうい》されたとき、

「シンタくんが……。」

と、ひとのせいにしたのもリミコだった。

たしかに、リミコはそういうことをした。

しかし、そういうことをしたせいで、リミコに不運《ふうん》がやってきたのではない。とはいえ、そういうことをしなければ、ああいう種類《しゅるい》の不運はおとずれなかった。

なんの話だと思うだろうが、いまにわかる。

その小学校の魔女《まじょ》は、どちらかというとふまじめな魔女で、ろくにふしぎをおこしもせず、ただぼんやりするのがすきだった。

ぼんやりするといっても、そこは魔女《まじょ》のことだから、机《つくえ》にほおづえをついて、というぼんやりではない。なにかに変身《へんしん》してぼんやりするのだ。ネコになったり、カタツムリになったりしてぼんやりする。そうすると、ほんとうにネコやカタツムリの気分《きぶん》をたのしめるように思った。

いきものになるだけでなく、ものになってぼんやりするのもやってみた。石《いし》ころになってぼんやりする。花《はな》とかバケツとかにもなってぼんやりする。どれもわるくない。独特《どくとく》のぼんやりをたのしめる。ああ、バケツって、こんなふうにぼんやりするんだ、と思う。するとつぎからバケツをみる目も、かわってくるのだった。

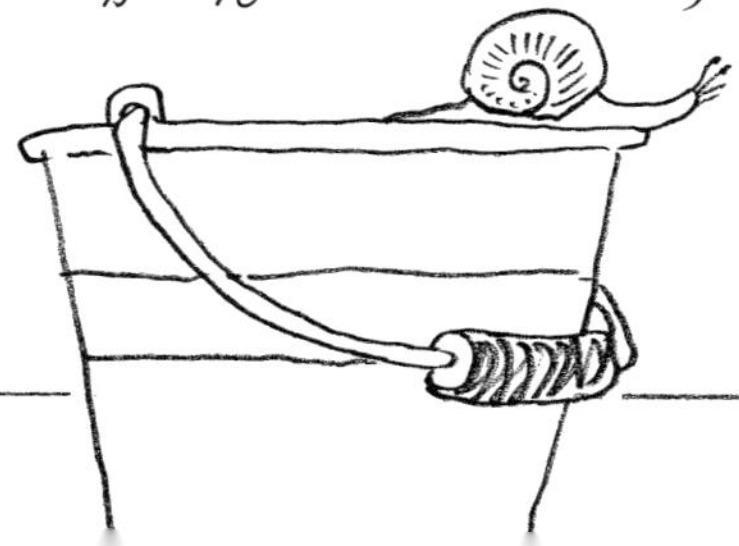

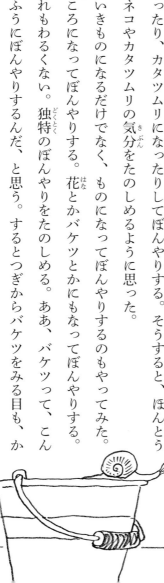

あるときとつぜん思いついたのが、運動場《うんどうじょう》になってぼんやりする、ということである。しかしどうすれば運動場になんてなれるのだ。ネコやバケツになるのとはわけがちがう。そこで、いまある運動場にひらたくおおいかぶさり、運動場の一部《いちぶ》になる、というのがよかろうとかんがえた。

みわたすと、さいわいどのクラスも運動場をつかっていない。

魔女《まじょ》は透明《とうめい》になって、地面《じめん》にはらばいになり、からだをカーペットのようにひらたくのばしていった。どんどんのばして、のばして、テニスコートほどの広《ひろ》さになって、目をほそめた。

からだいっぱいに陽《ひ》があたる。ぬくぬくとして、じつにしあわせである。ゆるやかに風《かぜ》がとおりすぎていくのもここちよい。まことに充実《じゅうじつ》したぼんやりに、思わずうとうとし、遠くからちかづく足音《あしおと》を、夢《ゆめ》のなかのようにきいていた。

そのあと、だしぬけに左のふくらはぎをふみつけられた。

「……！」

魔女《まじょ》は声にならない悲鳴《ひめい》をあげた。そこは魔女の痛《いた》みのつぼだったのだ。ふみつけたのは、一年一組のリミコだ。三時間目の授業《じゅぎょう》がチャイムよりもはやくおわったので、運動場《うんどうじょう》に一番乗《いちばんの》りをしようと、かけてきたのだ。

あまりの痛《いた》さに、魔女《まじょ》はいそいでからだをちぢめた。

運《うん》のわるいことに、からだをちぢめるはやさと、リミコの走《はし》るはやさが、いっしょだった。

「……！」

「……！」

痛《いた》みのつぼは、二歩目《ほめ》も三歩目も……、六歩目まできっちりとふみつけられた。

悲鳴《ひめい》をあげるのをがまんしたのではない。悲鳴さえあげられないほど痛《いた》かったのだ。魔女《まじょ》は、痛みと怒《いか》りで気をうしないそうになりながら、女の子の顔《かお》をおぼえた。

痛《いた》みがひくのに三日《みっか》かかった。四日目《よっかめ》から魔女《まじょ》は一年一組にでかけ、リミコのようすを観察《かんさつ》することにした。自分《じぶん》のいちばん痛《いた》いところをふみつけたリミコに、いちばんいやがることをしてやろう、と思ったのだ。それには、リミコがどういうことをしたがる子か観察しようとかんがえたのだった。

ふまじめでぼんやりするのがすきな魔女《まじょ》にしてはしんぼうづよく観察《かんさつ》した。よほど痛《いた》かったのである。

そして、魔女《まじょ》が観察《かんさつ》しているあいだにリミコは、シンタがつまずくように足をだし、シンタの鼻《はな》をわらい、「はい！　はい！　はい！」と手をあげ、「わたしが！　わたしが！」とさけびまくり、シンタの食器《しょっき》にピーマンをいれ、シンタにテストを「みせて！」と目であいずをし、おしゃべりをシンタのせいにしたのだった。

さて、そのあとこういうことがあった。

国語《こくご》の時間、となりの席《せき》のシンタが先生に指名《しめい》されて、黒板《こくばん》に「花」という漢字《かんじ》を書きにいくことになった。リミコのことだから、すぐ横《よこ》をシンタが歩《ある》くというだけで、反射的《はんしゃてき》に足がでた。いったいどういうことがおこったのか、シンタにもリミコにもわからない。でもそのあとにおこったのは、シンタはすたすたと黒板《こくばん》にいき、とつぜんリミコが、ひきずられるようにころんでしまった、ということだった。みんなは、わけもわからないまま、どっとわらった。

シンタが「花」を書いてもどってくると、

むしゃくしゃしているリミコが、みんなにきこえるようにいった。

「鼻《はな》はひくくても『花《はな》』という字は書けるんだ。」

そういったとたんにリミコの鼻《はな》がひゅっとひくくなった。鼻がひくくなったのがわかったのは、そのときリミコをみていたシンタだけだった。シンタはぎょっとして、みてはいけないものをみたように、目をそらせた。

自分の鼻《はな》がひくくなったことがリミコにわかったのは、トイレにいって、ふと鏡《かがみ》をみたときである。

気《き》のせいではないかと、さわってみた。あきらかにいつもと手ざわりがちがう。鼻《はな》がひくくなってしまった！　どうしよう！　とりあえずみんなに気づかれないようにしよう。リミコはそのあとずっとマスクをして、おとなしくすごした。

その日の授業《じゅぎょう》がおわり、家《いえ》にもどって、おそるおそる鏡《かがみ》をみると、以前《いぜん》の鼻《はな》の高《たか》さにもどっていた。けれどその日は心配《しんぱい》で、なんども鏡をみた。なんど

みてもいつもの高さだ。だんだん、あれは気のせいだったように思えてきた。

つぎの日の朝《あさ》、鼻《はな》が、まえとおなじ高《たか》さなのをみて、リミコはすっかり自《じ》信《しん》を回復《かいふく》した。だから、算数《さんすう》の時間、だれにでもわかる問題が出ると、リミコはもうぜんと手をあげた。そして、

「はい、はい、はい……。」

とさけんだ。そのつもりだったが、口から出てきたことばは、

「はえ、はえ、はえ……。」

だった。すると、いったいどこからやってきたのだろう、何《なん》十匹《びき》というハエが、窓《まど》から教室《きょうしつ》のなかにはいってきた。そしてそのハエたちは、リミコのあげた手に、さきをあらそってとまろうとしたのである。

「うひゃあ！」

とさけんで、リミコは手をおろした。するとハエたちはどこかへ飛《と》んでいっ

てしまった。

給食《きゅうしょく》のおかずにピーマンを細《ほそ》く切《き》ったのが、二切れはいっていた。リミコはそれをとなりのシンタの皿《さら》にいれた。自分の皿に目をもどすと、四切れのピーマンがのこっている。みまちがえたのかと思って、その四切れをシンタの皿にいれる。すると自分の皿に八切れのピーマンがあらわれた。

八切れをシンタに。十六切れが自分の皿に……。

リミコはむかむかしながら、十六切れのピーマンをたべた。


算数《さんすう》の計算問題《けいさんもんだい》のテストがあった。リミコは自分《じぶん》の答《こた》えに自信《じしん》がなかった。そこでとなりのシンタの答えで、たしかめようと思った。

「シンタ、みせて!」

小声《こごえ》でささやいたつもりだった。どういうわけだ。教室中《きょうしつじゅう》にひびく声が出

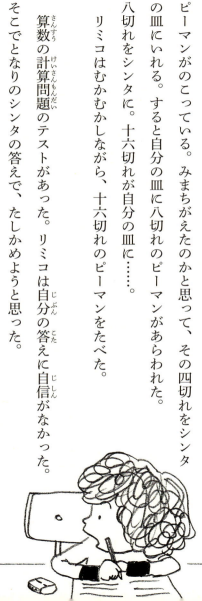

てしまった。全員《ぜんいん》がリミコをみた。

授業中《じゅぎょうちゅう》にシンタに話しかけたときもそうだった。

――ねえ、先生ったら、いつもおなじ服《ふく》をきているね。

と、ささやくつもりが、ろうかまできこえる声が出た。

「ねえ、先生ったら、いつもおなじ……。」

そこで、びっくりしてことばをのみこんだ。

「先生のなにが、いつもおなじなんですか？」

と、先生にたずねられ、リミコはしどろもどろになった。

決定的《けっていてき》なできごとは音楽《おんがく》の時間だった。だれかが合奏《がっそう》の指揮者《しきしゃ》の役《やく》をすることになった。リミコがなりたくないはずがなかった。

「わたしが、わたしが、わたしが！」

と、さけびまくるつもりだったが、リミコの口から出たのは、

「タワシが、タワシが、タワシが……。」

ということばだった。そして、タワシがとさけぶたびに、窓《まど》の外《そと》からふわりと飛《と》びこんできたほんもののタワシが、リミコの頭《あたま》に、ぽこん、ぽこん、ぽこんと命中《めいちゅう》した。どうしてそんなことがおこるのだろうとみんなは思ったが、とりあえず大笑《おおわら》いした。

それをきっかけに、なにか反省《はんせい》するところがあったらしく、リミコはでしゃばったり、シンタをばかにしたりすることをやめた。そうなると、魔女《まじょ》としてはいたずらをしかけにくくなった。もともとふまじめな魔女でもあったので、リミコのことはそろそろいいかと、思った。

――リミコちゃん、どうしてきゅうにいい子になったんだろ。

シンタはひとり、首《くび》をひねるのだった。

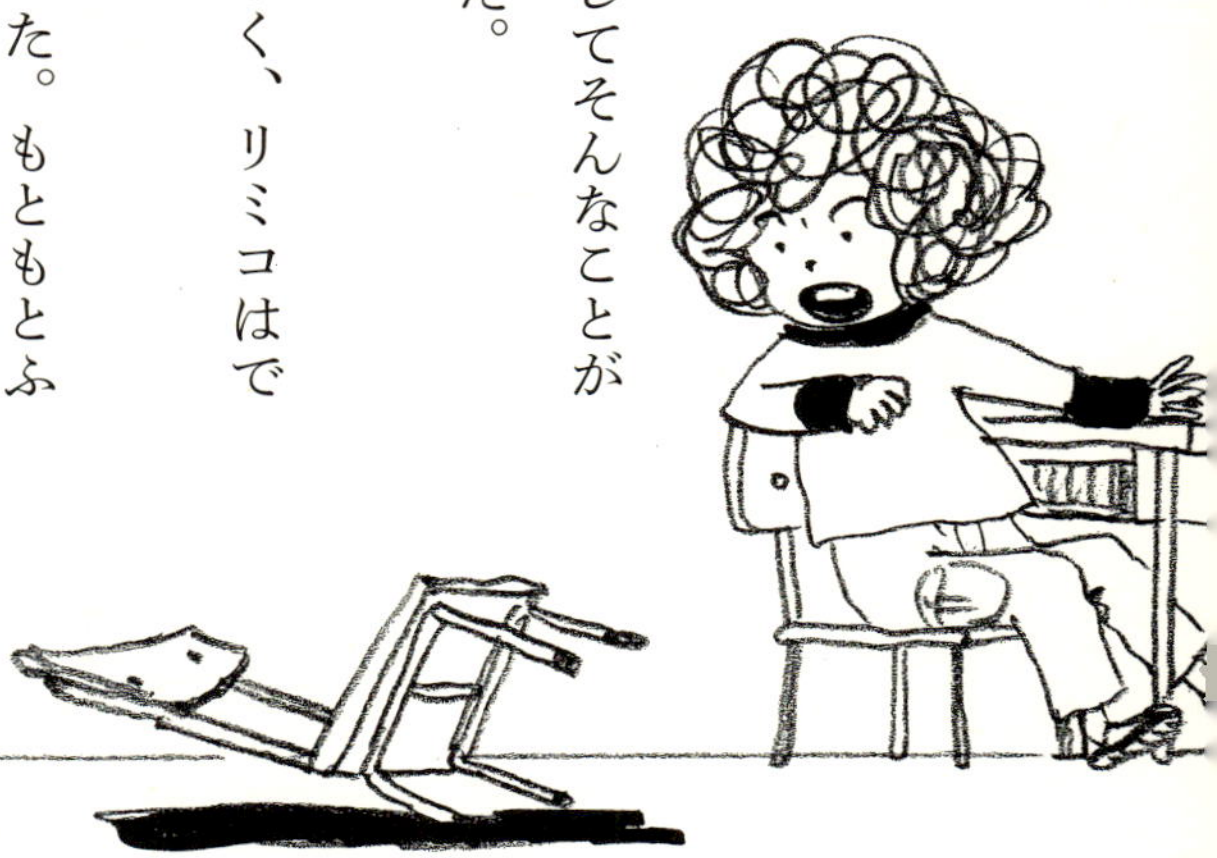

「ああ、おもしろかった。ふまじめな魔女《まじょ》がいるんだ。」

と、ぼくはいった。そこで食事《しょくじ》をしたせいか、なんだかいつもより、したしい気分《きぶん》になっていて、ちょっとした感想《かんそう》を口にしたのだ。

「おもしろかった？」

チヨジョさんは、ランプの火を消《け》そうとのばしていた手をとめて、

と、たずねた。

「うん。いつだっておもしろいよ。」

「いつだって……。そう？」

チヨジョさんのうれしそうな顔《かお》をみると、もっとはやくそういえばよかった、とぼくは思った。

「でも、ほんとうにいろんな魔女《まじょ》がいるんだね。」

と、いうと、

「そう、いろんな魔女《まじょ》がいる。ふつうの五年生なんていないのとおなじ。ふつうの魔女なんていない。みんなそれぞれ独得《どくとく》な生き方をしているわね」と、うなずいてから、「じゃ、またね」といった。

ぼくはあわてて、カレーライスのお礼《れい》をいった。

「あ、ごちそうさまでした。」

チヨジョさんはちらっとぼくをみて、くすりとわらった。それからランプの火が消《け》されて、暗《くら》くなった。

明《あか》るさと冷《つめ》たい空気《くうき》がもどってきて、ぼくはトイレの前に立っていた。

教室《きょうしつ》にもどると、給食《きゅうしょく》もカレーライスだったことを思いだして、うれしくなった。カレーライスなら、二人前《ににんまえ》でも大歓迎《だいかんげい》だ。そう思ってたべだしたのだが、ひと口たべて、おや？　と思った。口のなかにいれたはずのカレーライスが消《き》えてしまったのだ。たしかにスプーンにのっていて、重《おも》さもあったのに、口にいれたとたんに、それが消える。たべてもたべても、口のなかで消える。ためしに牛乳《ぎゅうにゅう》をのんでみると、それも口のなかで消えてしまう。

——そうだったのか。

だからくすりとわらったのだ。チヨジョさんは、ぼくがたべたりのんだりするはずのカレーライスと牛乳《ぎゅうにゅう》を、あの小部屋《こべや》でだしたのにちがいなかった。

三月のこと

しおりの魔《ま》法《ほう》使《つか》い

　チヨジョさんが、ふた月《つき》にいちどあらわれていることに、やっと気《き》づいたぼくは、三月になると、いまかいまかとまちかまえていた。かんがえてみれば、ふしぎなことだ。チヨジョさんというひとがいて、話をきかせてくれるのも、クロツグミがしゃべるのも、もちろんふしぎだ。けれど、ぼくの気《き》持《も》ちがかわっていくことがふしぎだった。

　はじめは夢《ゆめ》だと思い、つぎはおそろしいことになるんじゃないかと心配《しんぱい》し、いまはたのしみにしている。

　ぼくはときどき、わざとひとりきりになるようにさえした。そうすればチヨジョさんがあらわれやすいかと思ったのだ。ひとりきりになって、例《れい》の「いそがなくてもだいじょうぶ……」の決《き》まりもんくを頭《あたま》のなかでなぞってみたりもした。けれど、なかなかあらわれてはくれなかった。

　菜《な》の花《はな》がさいて、もうこの一週間《しゅうかん》で三学期《がっき》もおわってしまう、というある日、ようやくチヨジョさんはあらわれた。放課後《ほうかご》、下校《げこう》の音楽《おんがく》がながれる教室《きょうしつ》に。

ぼくは、いったん校門《こうもん》のあたりまでかえっていたのに、忘《わす》れものをとりに教室《きょうしつ》にもどったところだった。机《つくえ》のなかからプリントをだしてかばんにいれたとき、下校《げこう》の音楽《おんがく》がふっととぎれた。

ふりかえると、チヨジョさんが黒板《こくばん》を背《せ》にして立っていた。そして例《れい》のもんくをとなえはじめた。ぼくは声《こえ》をそろえて、いっしょにいった。

「いそがなくてもだいじょうぶ。〈学校の時間〉はとまっている。話をきいてくれるだけでいい。あんたの権利《けんり》はまもられている。ふゆかいなことはおこらない。いやならいつでももとにもどれる。ひとこと、いやだといえばいい。それであんたは、教室《きょうしつ》にいる。」

ぼくが声《こえ》をそろえていったので、チヨジョさんはまゆをあげて肩《かた》をすくめてみせ、ぼくたちはわらいあった。

チヨジョさんの肩《かた》からぼくの肩に、クロツグミが飛《と》びうつった。

「まだ寒《さむ》いだろ。」

と、ぼくがいうと、

「よくわかるねっ。」

と、鳥《とり》がこたえた。ひさしぶりにあえて、うれしかった。

チヨジョさんは黒板《こくばん》に扉《とびら》をだした。ぼくたちはすっかりなじみになった小部屋《こべや》にはいった。部屋はあたたかかった。クロツグミのためだろう。

「きょうのお話は、魔法使《まほうつか》いからきいたお話でね。」

と、チヨジョさんはいった。

「たいていの小学校には魔女《まじょ》や魔法使《まほうつか》いがいるってきいていたのに、ずっと魔女の話ばかりだったから、どうしてだろうと思っていたんだ。」

ぼくがいうと、チヨジョさんはうなずいた。

「魔女《まじょ》がいる小学校のほうが多いからね。魔女のいる小学校、魔法使《まほうつか》いのいる小学校、どちらもいない小学校、それから、たまに魔女も魔法使いもいる小学校もある。」

「きょうの話の小学校は、魔法使いだけ？」

「それはきいてりゃわかる。きょうのお話には、六年生の男の子が出てくる。題名《だいめい》は『しおりの魔法使《まほうつか》い』。」

「しおりって、本にはさむ？」

「そう、そのしおり。」

ぼくがいすにすわり、ランプに火がつけられて、カーテンがひかれた。

「放課後《ほうかご》、男の子が、だれもいない図書室《としょしつ》にふらりとはいってくるところから、話ははじまる……。」

しおりの魔法使《まほうつか》い

六年生の二学期《がっき》、ある放課後《ほうかご》のことだった。

ナオキはふらりと図書室《としょしつ》にはいった。おもしろい本《ほん》でもないかな、という気分《きぶん》だった。

図書室《としょしつ》にはだれもいなかった。本を借《か》りにきている子も、図書ボランティアのおばさんもいない。こんなことは、はじめてだった。

ナオキは図書室《としょしつ》のなかをみまわした。カウンターのむこうの部屋《へや》につづく扉《とびら》が、半開《はんびら》きになっている。そこがどんな部屋なのか、まえから気になっていた。ちょっとなかをのぞいてやろうと思った。

そっとその部屋《へや》にはいりこむと、あまり整理《せいり》された部屋ではなかった。たくさんのからになった段《だん》ボール箱《ばこ》と、あたらしい本がはいった段ボール箱、いくつかの山につまれた古《ふる》い本、ファイルがならんだ戸棚《とだな》……。その戸棚《とだな》のむこうに、かくされたような古《ふる》い本棚があった。どんな本がならんでいるのかと、ナオキはその前まですすんだ。

背表紙《せびょうし》の題名《だいめい》は半分《はんぶん》以上《いじょう》読《よ》めなかった。古《ふる》くむずかしい字《じ》、ということもあるが、かすれて読みにくい。なんとか読めても、おぼえのない題名だ。ずいぶんながいあいだおきっぱなしにされているとみえて、どの本の上にも、ほこりがつもっている。

いちばん下の段《だん》の本につもったほこりのあいだに、ひものようなものがとびだしているのがみえた。どうやらはさみこまれたままのしおりらしい。その本の題名《だいめい》は、かすれているが、〈秘密《ひみつ》の……〉という文字《もじ》がようやく読《よ》みとれる。

ナオキはしゃがみこんで、その本を、そっとぬきだした。ほこりをふっとふきとばし、カーペットの上において、しおりのページをひらいた。

古《ふる》いにおいがする。

かわったしおりだった。魔法使《まほうつか》いの絵《え》を切《き》りぬいてつくったようだ。魔法使いは黒《くろ》い服《ふく》をきて、みょうな杖《つえ》をもっている。おきまりの黒いとがった帽《ぼう》子《し》のさきにひもがついていて、それが本の上から出ていたのだ。

――！

ナオキはのけぞって、しりもちをついた。あんまりおどろいたので、声《こえ》も出なかった。

目がぎょろりとナオキをみたのだ。しおりの魔法使《まほうつか》いの横顔《よこがお》の目が！

そのあとは、あっというまのことだった。紙《かみ》でつくられたはずの魔法使《まほうつか》いは風船《ふうせん》に空気《くうき》がはいるようにむくむくと厚《あつ》みができ、よっこらしょと立ちあがった。牛乳《ぎゅうにゅう》びんほどの背《せ》の高《たか》さの魔法使いが、そこにいた。

小さな魔法使《まほうつか》いは首《くび》をこきこきと左右《さゆう》にかたむけ、肩《かた》をぐりぐりとまわし、ふうと息《いき》をついた。それから部屋《へや》のなかをみまわし、杖《つえ》をついて本の上からカーペットにおりると、こういった。

「いまはいつで、ここはどこじゃ。」

ナオキはごくりとつばをのみこんだ。

「あの、いつ、といいますと……。」

「だから、大正何年《たいしょうなんねん》じゃ。」

「大正《たいしょう》……！」

ナオキはいまが、何年の、何月何日か、こたえた。

すると魔法使《まほうつか》いは

「へーせーとはなんじゃ。」

と、いった。平成《へいせい》を知らないのだ。

ナオキはいいことを思いだした。ポケットの手帳《てちょう》に「年齢早見表《ねんれいはやみひょう》」という

ページがあったのだ。そのページをひらいてみせた。

魔法使《まほうつか》いはどこかから虫《むし》メガネをとりだし、そのページをにらみつけていたが、きゅうに顔《かお》をあげると、

「すると、こんどは百年《ひゃくねん》か……。ちとながいな。」

と、つぶやいた。ナオキは口をはさまないではいられなかった。

「あの、百年間《ひゃくねんかん》、ここにはさまっていたのですか？」

「そういうことになるな。」

「こんどは、って……。いままでにも、はさまっていたことが……？」

小さな魔法使《まほうつか》いは肩《かた》をすくめた。

「本というものが発明《はつめい》されてからこっち、たびたび、な。それより、もうひとつの質問《しつもん》にこたえておらんぞ。ここはどこじゃ。小学校ではないのか？」

「小学校です。小学校の図書室《としょしつ》についている部屋《へや》です。」

ナオキがそうこたえると、魔法使《まほうつか》いはあらためて部屋のなかをみまわした。

「ふうむ。美《うつく》しいのか、乱雑《らんざつ》なのか、よくわからん趣味《しゅみ》じゃ。」

ナオキは、乱雑《らんざつ》ですとこたえようかと思ったけれど、べつのことをたずねた。

「いったいどういうわけで、こんなところにはさまっていたんですか？」

「ひどい魔女《まじょ》のしうちでな。」

「魔女の……。」

そんなばかな、といいかけたが、魔女《まじょ》がばかげていれば魔法使《まほうつか》いもばかげていることになりそうなので、いうのはやめた。魔法使いはつづけた。

「どうしてその魔女《まじょ》が、わしをこんなめにあわせたか、とたずねるのはよせ。ひとの愛《あい》の話《はなし》など、たいくつなものじゃ。」

――愛の話……。

ナオキはたずねるのをよした。

それよりも、魔女《まじょ》や魔法使《まほうつか》いがこの世《よ》にいるということに興味《きょうみ》をひかれた。

――いやまてよ。こんなかっこうをしているから、この十五センチ

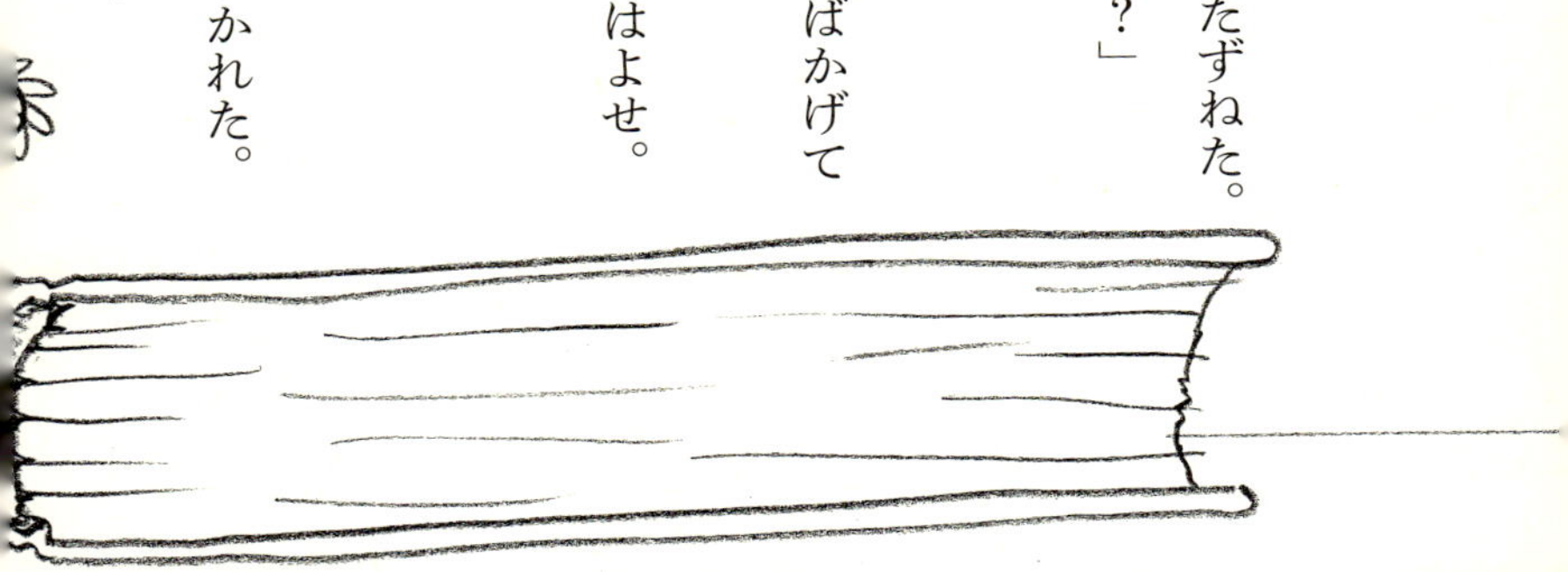

ほどの男のひとのことをとうぜん魔法使《まほうつか》いだと思っていたけれど、ただの小さい男のひとかもしれないじゃないか。

ここはひとつたしかめておこうと、たずねてみた。

「あのう、魔法使《まほうつか》い、のかたですよね？」

小さな男はぎくりとした。

「おまえも魔法使《まほうつか》いか？」

「いいえ、とんでもない。」

「では、なぜわしが魔法使《まほうつか》いだとわかったのじゃ。」

「そんなかっこうをしていたら、魔法使いか、魔法使いのまねをしているかのどちらかだと、だれでも思いますよ。」

「だれでも……！　この百年《ひゃくねん》のうちに、だれかがいいふらしたんじゃな。」

「すると、魔法使《まほうつか》いなんですね？」

ナオキは目をかがやかせた。

「わしが魔法使《まほうつか》いだとすると、そんなにうれしいか？」

「はい。うれしいです。魔法使いと話をしたなんて。」

「そりゃよかったな」といって、魔法使《まほうつか》いはなにかを思いだしたようだった。

「おお、それよりも、まずはお礼《れい》をいうべきだった。いや、ありがとう。おかげでたすかった。ついては、なにかのぞみをかなえてやろう。わしはせわになった相手《あいて》には、のぞみをかなえてやることにしておるのじゃ。おまえののぞみはなんだ？」

すごいことになった。わけがわからないまま、ナオキは、やったぞと思った。やったぞと思ったら、反射的《はんしゃてき》に口がうごいていた。

「大金持《おおがねも》ちになりたい。」

「やめておけ。」

小さな魔法使《まほうつか》いも反射的《はんしゃてき》にいった。

「そののぞみをかなえてもらったものたちは、あまりしあわせになっておら

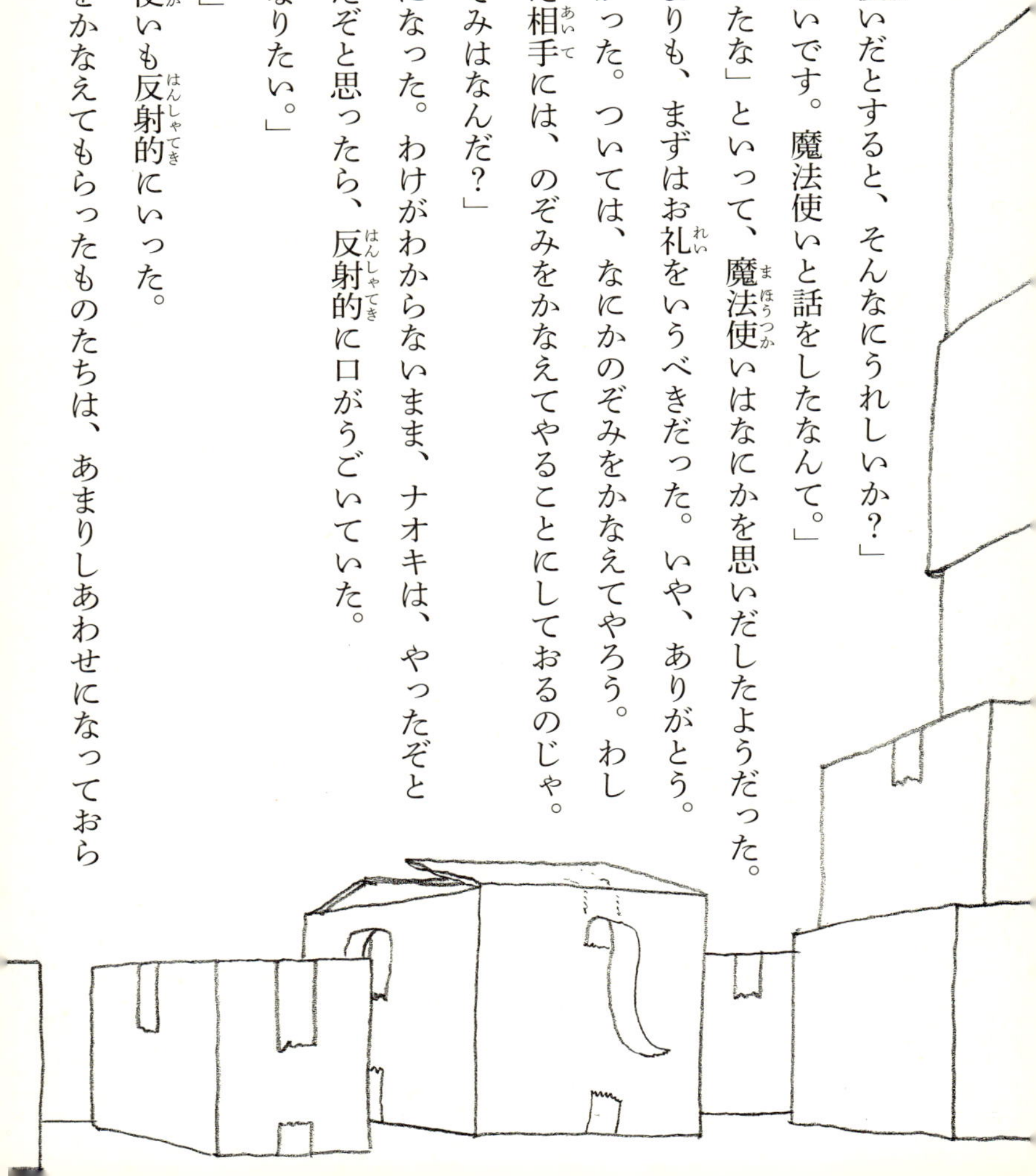

ん。大金持《おおがねも》ちになったときはしあわせそうにしておる。じゃが、すぐにおもしろくなさそうな顔《かお》になる。おそらく、そののぞみは、夢《ゆめ》をなくすのじゃ。もっと夢のあるのぞみをいえ。」

じつは、大金持《おおがねも》ちなんていったとたんに、ちょっと品《ひん》がわるかったかなと自分《じぶん》でも思っていたので、ナオキはうんうんとうなずいた。

しかし、夢《ゆめ》……？　ひらめいた。

「大《だい》リーガーになって、かつやくしたい。」

ナオキは本を読《よ》むのがすきだけど、スポーツだってきらいじゃない。いや、もちろんとくいではない。とくいではないが、魔法《まほう》でとくいにしてもらえるなら、けっこうな話だ。

けれど、魔法使《まほうつか》いはまゆをよせた。

「だいりぃがぁとはなんじゃ？」

大リーガーを知らないのだ。知らないものはのぞめない。

「サッカーのワールドカップで、全日本《ぜんにほん》の選手《せんしゅ》になって活躍《かつやく》ってい
うのも……、だめでしょうね。」
「さっかぁのわぁるろかっぽれ、ぜんにほんのせんしゅ？」
ナオキは百年《ひゃくねん》まえのひとにわかる、夢《ゆめ》のあるのぞみをかんがえな
ければならないようだった。
「アフリカの野生生物《やせいせいぶつ》をまもるしごとにつくっていうのなんか、
どうかな。」
「おまえには、さだまったのぞみというものはないのだな？」
ない、とナオキは首《くび》をふった。それから、くり
かえした。
「アフリカの野生生物《やせいせいぶつ》をまもるしごと。」
「なに？　あぷりか……？」
百年《ひゃくねん》まえもアフリカはアフリカでしょ、とナオキは心のなかでつぶやいた。

　この魔法使《まほうつか》いは、特別《とくべつ》なせまい世界《せかい》で生きてきたのだ、きっと。たとえば王様《おうさま》やお姫《ひめ》さまがいて、竜《りゅう》なんかがいる世界。そんな世界での夢《ゆめ》って……。

　そんなことをかんがえたせいで、ふっと口をついて出てしまった。

「お姫《ひめ》さまとけっこんする。」

　なんてうそです、というまえに、

「やめておけ」と魔法使《まほうつか》いがいっていた。「あんなもの、どうしようもないぞ。いや、なかには気《き》だてのいいのもいる。じゃがそれは十人にひとりじゃ。そこへいくと村娘《むらむすめ》、こちらは五人に四人まで気《き》だてがいい。かりに五人目の気だてのよくない村娘にあたったとしてもじゃ、気だてのいいお姫《ひめ》さまとどっこいどっこいというのじゃから、こりゃもうどちらがしあわせか、かんがえるまでもなかろう。」

　それは魔法使《まほうつか》いの体験《たいけん》によるかたよった考えではないか、それに、いまの時代《じだい》に村娘《むらむすめ》なんているだろうか、とナオキは思った。が、もともと口をす

べらせた思いつきだったので、それについて話しあうのはやめて、将来《しょうらい》のしごとに考えをもどした。するとひらめいた。

「探検家《たんけんか》になりたい。」

「なればいいではないか。」

「へ？」

「なりたければなれるじゃないか。探検家《たんけんか》じゃろ？　探検をすればいいではないか。それはだれかにかなえてもらうのぞみではないぞ。」

まあ、そういわれてみれば、そうかもしれない。では、いったい、どういうことをのぞめばいいのだ。けんとうがつかない。ナオキはすこしめんどうになってきた。

「じゃあ、世界《せかい》を平和《へいわ》にしてください。」

小さな魔法使《まほうつか》いはナオキをみあげて、にっとわらった。

「わしはだんだんおまえがすきになってきたぞ。」

ナオキはくちびるのはしで、愛想笑《あいそわら》いをした。

「じゃが、かんがえてもみろ。そんなことがわしひとりでできるようなら、こんなところに百年《ひゃくねん》もはさまってはおらんぞ。」

――こんなところに百年もはさまっているような魔法使《まほうつか》いに、いったいなにをのぞめばいいのだ？

さまよったナオキの目が、古《ふる》い棚《たな》にならんでいる本の背表紙《せびょうし》に「花」という文字《もじ》をみつけた。みつけると口がすべっていた。

「小学校の中庭《なかにわ》を花でいっぱいにする、というのはどうでしょう。」

小さな魔法使《まほうつか》いは、

「おお！」

と、小声《こごえ》でさけび、ナオキをまじまじとみた。

「すばらしい！　そんないいことがおまえに思いつけるとは思わなかった！」

ナオキは、え？　と思った。

——いや、ぼくは、ちょっと思いついたことをいっただけで……、もっといいことをのぞむはず……。

「では、期待《きたい》しておいてくれ。」

「いや、あの……。」

小さな魔法使《まほうつか》いは、思いもかけないすばやさで、はねるように部屋《へや》を出ていった。

ひと月《つき》たって、小学校の中庭《なかにわ》が
コスモスでいっぱいになったが、
それはナオキのせいである。

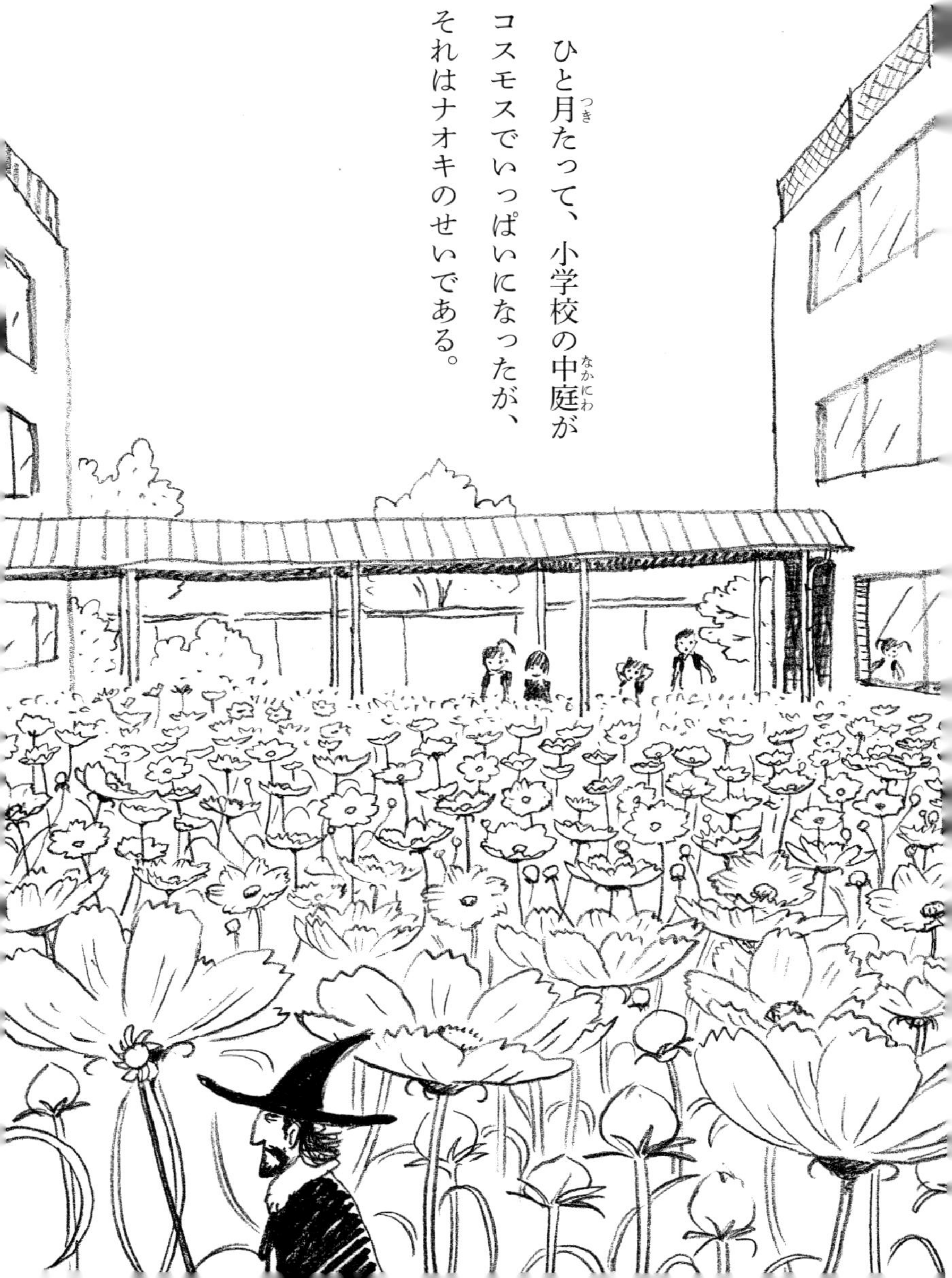

話がおわって、おもしろい話ですねとか感想《かんそう》をいおうと思ったぼくは、なんだかチヨジョさんのようすがいつもとちがうようで、口《くち》ごもった。

ふつうならここでチヨジョさんは「じゃ、またね」というところだ。でも、かわりにこういった。

「わたしの話は、これでおしまい。いままできいてくれてありがとう。」

おどろいた。ことばが出なかった。

クロツグミがぼくの肩《かた》から飛《と》びたって、チヨジョさんの肩にとまった。そうだった。いままでとちがって、クロツグミはずっとぼくの肩にとまってくれていたのだ。

「じゃ、あえるときがくれば、ねっ。」

クロツグミがぼくにそういうと、チヨジョさんは肩《かた》にとまった鳥《とり》をみて、首《くび》を左《さ》右《ゆう》にふった。あえるときなどこない、といっているのだ。

「そ、それって……。」ぼくは自分《じぶん》でもおどろくほど混乱《こんらん》した。ひどい、と思った。むりやりあらわれて、こんどはとつぜんおしまいだなんて……。

「また、あらわれてよ。」

チヨジョさんは、とまどったような表情《ひょうじょう》でぼくをみて、さっきとおなじように首《くび》をふった。ぼくはさけんでしまった。

「いやだ！」

そのとたん、クロツグミの「ピキョッ」という鳴《な》き声《ごえ》といっしょに、あたりがまっ暗《くら》になった。

明《あか》るさがもどると、下校《げこう》の音楽《おんがく》がさっきのつづきでながれだし、ぼくは教室《きょうしつ》で、プリントをかばんにいれたところだった。

一年あとのこと……………………

きかせたがりやの魔女《まじょ》

ぼくは六年生になった。あれから二か月《げつ》たっても、チヨジョさんはあらわれなかった。六月になり、七月になってもあらわれない。そして一学期《がっき》がおわった。

チヨジョさんがあらわれなくなって、ぼくはあの小《こ》部屋《べや》の時間がかけがえのない時間だったことに気《き》づいた。もちろん家族《かぞく》とすごす時間も、教室《きょうしつ》での時間も、ぜんぶかけがえのない時間だ。それはわかる。それはわかるけれど、あの小部屋の時間は、ほかの時間とちがって、ぼくだけのために用意《ようい》された時間だったのだ。

ぼくはチヨジョさんのことは、だれにも話さなかった。へんないいかただけど、ぼくが自分《じぶん》の胸《むね》におさめているかぎり、チヨジョさんのことはほんとうのことで、だれかに話すと、そのとたんにうそになってしまうような気がしたのだ。

そのまま、二学期《がっき》も三学期も過《す》ぎて、ぼくは小学校を卒業《そつぎょう》した。

小学校の卒業式《そつぎょうしき》と、中学校の入学式《にゅうがくしき》のあいだの、小学生でも中学生でもない、た

よりない、そしてなんだか自由《じゆう》な気分《きぶん》の、春《はる》の日のことだった。

母《かあ》さんにたのまれた用事《ようじ》で、ぼくはとなりの市《し》へ電車《でんしゃ》に乗《の》ってでかけることになった。

電車《でんしゃ》はすぐに海沿《うみぞ》いを走《はし》りだす。海をながめるのはすきだ。カモメやアジサシをみるのはたのしい。上空《じょうくう》にはトビもいる。だからそれまでにもなんどかこの電車に乗《の》ったが、いつも海がみえる側《がわ》に立つことにしていた。けれどその日は春《はる》の休日《きゅうじつ》で客《きゃく》が多《おお》く、ぼくは海のみえない側に立った。

いままでみたことがなかった山側《やまがわ》の風景《ふうけい》も、けっこう変化《へんか》がたのしめた。すぐそこまで山がせまるところもあり、ひらけた斜面《しゃめん》に住宅《じゅうたく》がつづくところもあり、林《はやし》のなかにしゃれた家がぽつぽつとみえるところもあり、みあきることがなかった。

なだらかに丘《おか》がつづく、緑《みどり》の多《おお》い住宅地《じゅうたくち》で、ぼくの目をくぎづけにするものがあった。

大きな三本の木だ。みたとたんに、チヨジョさんの小部屋《こべや》の窓《まど》からみえた木だ、と思った。

用《よう》をすませた帰《かえ》り道《みち》、その木の近くの駅《えき》でぼくは電車《でんしゃ》をおりた。駅員《えきいん》さんにたずねると、古《ふる》くからある神社《じんじゃ》の〈三本の大ケヤキ〉だという。教えてもらった道《みち》をのぼって、神社についた。

近くでみると、はたしてこれがあの小部屋《こべや》の窓《まど》からみえた木か、と不安《ふあん》になった。けれどここまできたのだからと、神社《じんじゃ》からさらに丘《おか》の上につづく道をのぼっていった。

窓《まど》からみおろした記憶《きおく》では、だいぶのぼらなければならないはずだった。

大ケヤキをふりかえり、ふりかえり、一時間かそこら、歩《ある》きまわったと思う。ほぼ丘《おか》の頂上《ちょうじょう》というあたりで、なつかしい声《こえ》をきいた。

「ピキョピキョプィーヨ……。」

白《しろ》い柵《さく》がある。庭《にわ》の、窓《まど》の前の木はキンモクセイだ。表札《ひょうさつ》をみた。

〈黒沢千代女《くろさわちよじょ》〉とあった。

まちがいない。チヨジョさんは千代女《ちよじょ》さんだったのだ。

門《もん》についた呼《よ》び鈴《りん》をおした。家《いえ》のなかでチリンと鈴《すず》を鳴《な》らすような音《おと》がする。すると窓《まど》からクロツグミが飛《と》びだしてきて、空中《くうちゅう》で、

「ピキョッ！」

と鳴き、あわてて家のなかに飛びこんだ。

玄関《げんかん》の戸《と》がひらくと、黒《くろ》い服《ふく》と帽子《ぼうし》ではなく、青紫《あおむらさき》のワンピースに水色《みずいろ》のエプロンをつけ、まとめた髪《かみ》とえりもとにそれぞれスカーフをあしらったチヨジョさんが、肩《かた》にクロツグミをとまらせ、おどろいた顔《かお》で出てきた。化粧《けしょう》はごくひかえめだった。

「こんにちは。」

と、ぼくはいった。

「あんた……」と、チヨジョさんはことばをのみこんだ。それから、「大きくなったね。それにしても、よくここがわかったね」と、つづけた。

クロツグミがぼくの肩《かた》に飛《と》んできた。はばたきとかるいショックがなつかしかった。

「あえるときが、あったねっ。」

なつかしい天使《てんし》のささやき声《ごえ》だ。

チヨジョさんが魔法《まほう》でだしていた扉《とびら》は、玄関《げんかん》をはいったろうかの、左側《ひだりがわ》にあった。小部屋《こべや》はあのときのままだ。ぼくはなつかしいところにもどってきた気分《きぶん》だった。あのときはくつのままはいっていたのに、きょうはくつをぬいではいるのが、なんだか現実感《げんじつかん》があった。

チヨジョさんはハーブティーをいれてくれた。

「あいたいと思っていたんだけど、あえるとは思ってなかった。」

と、ぼくは正直《しょうじき》なところをいった。

「なぜ、あいたいと？」

たずねられて、こたえた。

「理由《りゆう》はふたつ。ひとつは、あんなにお話をしてくれたのに、お礼《れい》をいっていなかっ

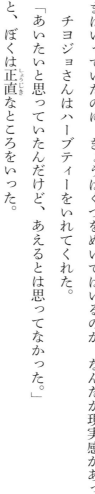

たから。もうひとつは、お話を完成《かんせい》させてもらいたかったから。」

「お話を完成《かんせい》？」

チヨジョさんは首《くび》をかしげた。ぼくはうなずいた。

「五つお話をしてくれたでしょ。知ってた？　五年生の話だけがなかった。それで、五年生の出てくるお話をきかせてもらいたいと思って。」

「ああ。」チヨジョさんはこまった顔《かお》をしてみせた。「五年生の話はない。」

「どうして？」

「だってあれは、わたしがあちこちからきいてきて、それをもとにつくりあげたお話だから。それが五つ。五年生の話は、たまたまなかったの。」

「あったでしょ。」

「なかったの。」

「チヨジョさん、ぼく、五年生だったんだよ。」

それが？　という顔《かお》でチヨジョさんはぼくをみた。

「ピキョッ」とクロツグミが鳴《な》いた。「その題名《だいめい》は『きかせたがりやの魔女《まじょ》』だねっ。五年生の男の子が出てくる。」

チヨジョさんは「あ」という顔になった。

クロツグミは、かんがえ、かんがえ、いった。

「あるところに……、定年退職《ていねんたいしょく》した……、魔女《まじょ》がいた。」

「わかったよ。」チヨジョさんはあきらめたようにうなずいた。「でも、練習《れんしゅう》したわけじゃないから、きちんとまとまった話にはならないと思うけどね。」

いままでのは練習《れんしゅう》していたんだ、とぼくはすこし感動《かんどう》した。

「五年生が出てくれば、満足《まんぞく》だよ。」

と、ぼくはいった。

きかせたがりやの魔女《まじょ》

あるところに、定年退職《ていねんたいしょく》した魔女《まじょ》がいた。魔女の定年は自分《じぶん》できめる。自分がさだめた年だ。その魔女は、百年《ひゃくねん》しごとをすればやめようと、自分できめていて、そうした。

その魔女《まじょ》は、ある港町《みなとまち》にすんでいた。港や海《うみ》でいろんなふしぎをおこしたり、いたずらをしかけたり、こまったひとの手助《てだす》けをしたりするのがしごとだった。退職《たいしょく》をするときに、魔女《まじょ》にたいそうせわになったひとが、丘《おか》の上の家《いえ》をくれた。

退職した魔女は、まずその家の庭《にわ》のせわをし、それからいままで知らな

かった国《くに》を見物《けんぶつ》にでかけることにした。いろいろめずらしいところへいき、たのしいひとたちとであった。

つぎにしたことは、身近《みぢか》な、知らなかった世界《せかい》を知るということだった。となりの家《いえ》ではどのような生活《せいかつ》をしているのか、魚屋《さかなや》さんや八百屋《やおや》さん、農家《のうか》のひとや工場《こうじょう》のひとはどういう苦労《くろう》をしているのか、小学校ではどういうことをしているのか……。あるときはすがたをかくし、あるときはそこにいてもあやしまれないすがたに変身《へんしん》してしのびこんだ。

そのつぎにしたことは、おとなの〈教室《きょうしつ》〉にかようということだった。じつに多《おお》くの教室があった。ダンス、絵画《かいが》、手芸《しゅげい》、書道《しょどう》、写真《しゃしん》、手品《てじな》、陶芸《とうげい》、外国語《がいこくご》、ギター、ウクレレ、南京玉《なんきんたま》すだれ……。しかもそれぞれがさらにこまかくわかれていて、たとえばダンスなら、社交《しゃこう》ダンス、ジャズダンス、クラシックバレエ、モダンバレエ、フラダンスにフラメンコ、そして日本舞踊《にほんぶよう》と、どうしてそんなにたくさんあるのかと思うぐらいの教室《きょうしつ》があった。

魔女《まじょ》はかたっぱしからもぐりこんだ。そういうのはとくいなのだ。どこにでもいそうなおばさんにすがたをかえ、まわりのひとや先生には、

――ああ、このひとは知っているひとだ。たしか黒沢《くろさわ》さん……。

と、思わせる。名簿《めいぼ》には黒沢千代《くろさわちよ》と名前がある（ようにみえる）。出席《しゅっせき》して、おもしろければ二度《ど》、三度とでかけ、おもしろくなければすぐやめる。

そのうちに魔女《まじょ》はあることに気《き》づいた。二度、三度とでかけるかどうかのさかいめは、内容《ないよう》よりも、先生の感じによる、ということである。手品教室《てじなきょうしつ》など、魔女にしてみれば見えみえのトリックで、おもしろくもなんともないのだが、年配《ねんぱい》の先生のたたずまいが、もういちど出席《しゅっせき》したいという気分にさせるのだ。

それとまったく逆《ぎゃく》のことがあった。

魔女《まじょ》は、ストーリーテリングというものを知らなかった。けれど、なんとなくひかれてその教室《きょうしつ》にいってみると、お話をひとに語《かた》ることだとわかった。

それもたいていは子どもたちに語るらしい。

教室《きょうしつ》では、大きな画面《がめん》に、ストーリーテリングをしているところがうつしだされていた。ランプに火をつけた横《よこ》で、年配《ねんぱい》の女のひとが子どもたちにお話を語《かた》っている。それは魔女《まじょ》でさえひきこまれ、心をうごかされる語りだった。ときどき聞《き》き手《て》の子どもたちの表情《ひょうじょう》もうつったが、どの子もたましいをうばわれているようにみえた。

——なんてすてきなんだ。わたしはこれをしよう！

と、魔女《まじょ》は心をきめた。

教室《きょうしつ》の先生は、画面《がめん》で語《かた》っていたひととはべつのひとで、魔女はすこしがっかりした。画面のひとはやさしそうにみえたのに、教室の先生は、自分《じぶん》だけがえらいと思っているひとのようにみえたからだ。

教室は何回《なんかい》もつづいているらしく、その日は語《かた》りかたを練習《れんしゅう》する日のよう

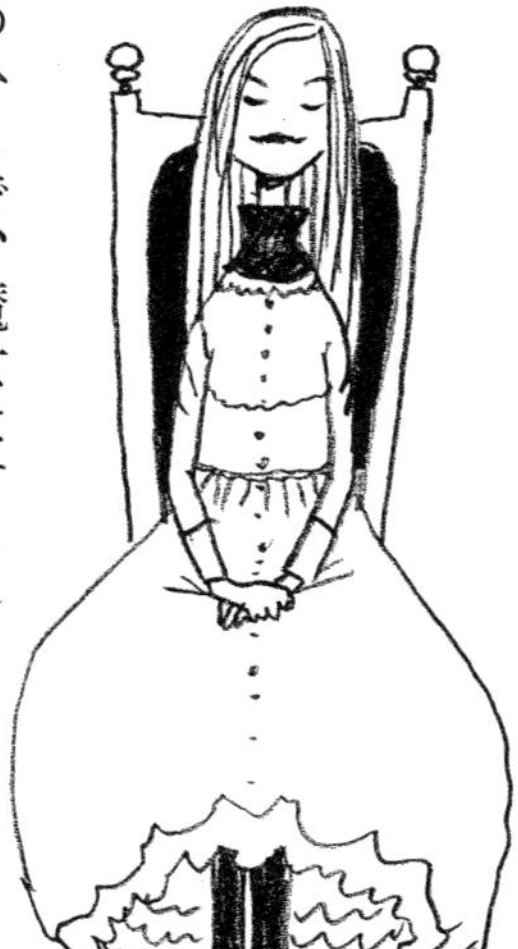

だった。一枚《まい》の紙《かみ》に書いてある文章《ぶんしょう》をおぼえて、順《じゅん》に語っていくという。魔女《まじょ》はおぼえることはとくいだった。いや、おぼえることがすでに魔法だった。でなければ、複雑《ふくざつ》な呪文《じゅもん》などすぐに出てくるわけがない。

先生は、おぼえたひとは手をあげなさい、といった。そこで魔女《まじょ》は手をあげた。先生はおどろいた。というより、むっとした。この文章《ぶんしょう》は、おととい一日がかりでこしらえ、きのう一日がかりでおぼえこんだ文章なのだ。それを一度《ど》読《よ》んだだけで、おぼえました、語《かた》れます、だなんて。

やってみなさい、と先生はいった。

「では、ランプに火をつけてください。」

と、魔女《まじょ》がいった。さっきの画面《がめん》のひとのように、ランプの光の横《よこ》で語るというのをやってみたかったのだ。だが、先生は目をむいた。

「ストーリーテリングに、かならずランプが必要《ひつよう》というわけではありません。それに、はじめて練習《れんしゅう》をするのにランプなんて、あつかましすぎますね。」

先生のことばにみんなはわらった。みんなもこんなにはやくおぼえたといわれて、気分《きぶん》がよくなかったのだ。魔女《まじょ》はちゃんとおぼえているところをみせて、みんなをみかえしてやろうと、いっしょうけんめいに語《かた》った。よくできた、と自分では思った。ところが先生は片《かた》ほおでわらってこういった。

「みなさん、いまのがいちばんよくない見本《みほん》です。おしつけがましくて、下《げ》品《ひん》です。」

ひとを非難《ひなん》するときは、相手《あいて》が魔女《まじょ》でないかどうかをたしかめたほうがいい。教室《きょうしつ》の先生は、「ですから、ストーリーテリングというものは……」といおうと思った。ところが、口から出たのは、

「れすはら、ふとおいいえいんふほいふほほは……。」

というものだった。先生は、おや？　と思った。きゅうに自分の舌《した》がかわいてきたように感じた。いや、感じたのではない。ほんとうにかわいていく。からからのスポンジのように、口のなかのつばをぜんぶ舌がすいこんでいく。

もう自分の舌《した》ではないようだ。「きょうの教室《きょうしつ》は、中止《ちゅうし》にします。」といいたかった。

「ひょうほひょうひふは、ひゅうひひひはふ。」

気持《きも》ちはつうじて、その日の教室《きょうしつ》は中止《ちゅうし》になった。

魔女《まじょ》は先生のことはすきではなかったが、ストーリーテリングには心をひかれた。画面《がめん》のひとのように、魔法《まほう》ではなく、語《かた》りで心をうごかすのだ。もちろんランプの光の横《よこ》で——。やってみたい、と思った。

だが、なんの話を語ればいいのだろう。聞《き》き手《て》の小学生が興味《きょうみ》をもつ話、できればきいたことのない話、自分《じぶん》だけが語る話にしたい。そうかんがえて、何人《なんにん》かの小学校の魔女《まじょ》や魔法使《まほうつか》いをしている友だちからきいた話を思いだした。あの話をもういちどちゃんときいて、お話にまとめよう。でもあれは魔女や魔法使いの立場《たちば》の話だから、できるだけ小学生の立場の話にしたほうがいいだろう。まず原稿用紙《げんこうようし》に書いて、それからおぼえる。おぼえるのはとく

いだ。そのあと、じっくり語《かた》りかたを練習《れんしゅう》しよう。

語《かた》りかた、ということばで、あのきらいな先生のことを思いだした。思いだしたくもないが、あのきらいな先生によると自分《じぶん》の語りは「おしつけがましくて、下品《げひん》」なのだそうだ。すくなくともあの先生がそう感じたのだから、子どもにもそう感じる子がいるかもしれない。そんな子は、こんなお話をきくのはいやだ、というかもしれない。子どもにそんなことをいわれると、たいそうきずつくだろう。

いや、まてよ。いやだといわない子、自分の語りをすきな子を相手《あいて》に語ればいいじゃないか。広《ひろ》い世界《せかい》だ。ひとりくらいそういう子もいるだろう。

いやいや、まてよ。そういう子でも、気がかわるということがあるだろう。その子の気がかわって、こんな語りをききたくない、いやだ、と思ったらどうしよう。

そうだ。いやだといわれたとたんに、ストーリーテリングがおわるような

魔法《まほう》をかけておけばいい。

かんがえてみれば、そのことに気《き》づかせてくれたのは、あの先生である。魔女《まじょ》ははるか遠くの先生へ、のろいをとく呪文《じゅもん》をおくった。

あとはきいてくれる子どもをさがすだけとなった。

まずは、水晶玉《すいしょうだま》に相談《そうだん》した。

「おしつけがましくて、下品《げひん》にきこえるかもしれない語《かた》りをすきそうな子なんていない。」

と、水晶玉《すいしょうだま》はこたえた。つまり、なにもうつらなかったのだ。

もうすこしわかければ、ここでかっとしたところだが、さすがに百年《ひゃくねん》もしごとをした魔女《まじょ》は、お茶《ちゃ》をのんで、心をおちつけた。

そういう語りをすきでなくてもいい。きらいではない、がまんできる、という子はいないかと相談《そうだん》してみた。

「もしかすると、いるかもしれない。」

と、水晶玉《すいしょうだま》はすこしにごった。

「ピキョッ、むずかしいねえ。」

ずっとようすをみていたクロツグミがいった。

「なにが。」

「しゃべりかたが気にならない子がいたとしても、チヨジョさんは魔女《まじょ》だよ。」

「それが？」

「その子はとつぜんあらわれた魔女に、ここにつれてこられるんだよ。そんなことをされて、へいきで話をきける子って、いるのかなあ。」

「あんたは、わたしの計画《けいかく》のじゃまをしてる？」

「ピキョッ、じゃまじゃないよ。協力《きょうりょく》しているんだよ。」

「協力……。」

魔女《まじょ》はじっとクロツグミをみて、うなずいた。

「な、なんだい？」

クロッグミはすこし羽《はね》をさかだてた。

「協力《きょうりょく》してくれるんだ。」

「そうだよ。」

魔女《まじょ》は水晶玉《すいしょうだま》にたずねた。

「わたしの語《かた》りががまんできて、クロッグミがとてもすきになりそうな子はいないだろうか。そうそう、魔女《まじょ》や魔法使《まほうつか》いのいない小学校がいい。おたがいに気をつかうのはめんどうだからね。」

水晶玉《すいしょうだま》に、くっきりとひとりの男の子がうつった。

「ピキョッ、それ、どういうこと？」

たずねるクロッグミに、魔女《まじょ》はいった。

「いいかい？　まず、この子の顔《かお》をしっかりおぼえるんだ。つぎに、この子のいる小学校を水晶玉《すいしょうだま》に教えてもらって、ようすをさぐっておいで。わたし

は最初《さいしょ》に語《かた》る話をしいれにいくから。」

その日の夕方《ゆうがた》、魔女《まじょ》は『踊《おど》り場《ば》の魔女』の話をしいれてかえってきた。クロッグミは水晶玉《すいしょうだま》にうつった男の子をさがしだしてもどってきた。

クロッグミはいった。

「その子、五年生なんだ。」

「六つの話を、ありがとうございました。」

と、ぼくは頭《あたま》をさげた。

というのが、ぼくの五年生から六年生にかけての話である。千代女《ちよじょ》さんは、いまもその家《いえ》に住《す》んでいる。元気《げんき》だ。

この話を本《ほん》にしてもいいかとたずねると、

「いい。」

と、こたえた。


そう書けばわかるように、ぼくはいまもときどき、千代女《ちよじょ》さんの家《いえ》をたずねている。でも、正体《しょうたい》はだれにも教えない。そうしてくれとたのまれたのだ。だから、この本を読んで、三本の大ケヤキの上にすんでいるそういう名前のひとをさがしても、みつからない。ちょっとかえてあるから。

魔女《まじょ》というのは、ほんとにふしぎだ。千代女《ちよじょ》さんはずっと年《とし》をとらないようにみえる。クロツグミがずっと少年《しょうねん》のように元気《げんき》なのもしんじられない。

だから、目の前にみたこともないおばさんがとつぜんあらわれて、

「いそがなくても……。」

といいはじめたら、おもしろい話をきかせてもらえると思う。

もちろん、おしつけがましくて下品《げひん》だ、と思ったら、

「いやだ。」

と、いえばいいのである。


（おわり）

作者：岡田 淳（おかだ じゅん）
1947年、兵庫県に生まれる。神戸大学教育学部美術科卒業。斬新なファンタジーの手法で独自の世界を描く。『放課後の時間割』（日本児童文学者協会新人賞）『学校ウサギをつかまえろ』（同協会賞）『雨やどりはすべり台の下で』（サンケイ児童出版文化賞）『扉のむこうの物語』（赤い鳥文学賞）「こそあどの森」シリーズ（野間児童文芸賞）『びりっかすの神さま』（路傍の石幼少年文学賞）『願いのかなうまがり角』（産経児童出版文化賞フジテレビ賞）等受賞作も多い。ほかに『二分間の冒険』『ふしぎの時間割』『竜退治の騎士になる方法』『フングリコングリ』『選ばなかった冒険』、また絵本『ヤマダさんの庭』マンガ『プロフェッサーPの研究室』などがある。

画家：はたこうしろう（秦 好史郎）
1963年、兵庫県西宮市に生まれる。卓抜な色のセンスとユーモアがにじむ味わい深い描線で、絵本やさし絵、イラストレーション、デザインの世界で活躍。おもな作品に『しりとりあいうえお』『ゆらゆらばしのうえで』『雪のかえりみち』『ちいさくなったパパ』『なつのいちにち』『こちょこちょさん』など。

「踊り場の魔女」*（初出『妖精めがね　さしあげます』日本児童文学者協会・編　偕成社　2011年3月）
「はずかしがりやの魔女」*（初出『日本児童文学』2014年1、2月号）
「ひげの魔女」（書き下ろし）
「タワシの魔女」（書き下ろし）
「しおりの魔法使い」*（初出『飛ぶ教室』2011年夏号　光村図書）
「きかせたがりやの魔女」（書き下ろし）
＊の作品は今回加筆しました。

きかせたがりやの魔女《まじょ》

2016年6月　1刷　2017年5月　4刷

作　者：岡田 淳

画　家：はたこうしろう

発行者：今村正樹

発行所：株式会社偕成社
http://www.kaiseisha.co.jp/
〒162-8450 東京都新宿区市谷砂土原町 3-5
TEL：03-3260-3221（販売）03-3260-3229（編集）

印刷所：中央精版印刷株式会社　小宮山印刷株式会社

製本所：株式会社常川製本

装　幀：はたこうしろう

NDC913　166P.　20cm　ISBN978-4-03-646070-0 C8393

本のご注文は電話・ファックスまたはEメールでお受けしています。
TEL：03-3260-3221　FAX：03-3260-3222　e-mail：sales@kaiseisha.co.jp
落丁本・乱丁本は、小社製作部あてにお送りください。送料は小社負担でお取りかえします。

岡田淳の本
ファンタジーの森で

★印は偕成社文庫にも収録されています。

ムンジャクンジュは毛虫じゃない
クロヤマの頂上で見つけたふしぎな生物は、
花を食べるのが大好きだった。

放課後の時間割
◇日本児童文学者協会新人賞
人間のことばを話す学校ネズミが
そっと話してくれたふしぎな話14話。

ようこそ、おまけの時間に
毎日連続して見る夢の世界では、
誰もがイバラの中に閉じこめられていた。

雨やどりはすべり台の下で 伊勢英子：絵
◇サンケイ児童出版文化賞
雨森さんて魔法使いなの？
子どもたちが語るふしぎな雨森さんとの出会い。

リクエストは星の話
夜空に輝く星だけが星じゃない。
もっとステキな星があることを知ってますか？

二分間の冒険 太田大八：絵
◇うつのみやこども賞
黒猫との約束で、悟はおそろしい竜のすむ世界で、
思いがけない冒険をする。

学校ウサギをつかまえろ
◇日本児童文学者協会協会賞
転校生のにがしてしまったウサギを追ううち、
四年生六人の心がひとつになった。

びりっかすの神さま
◇路傍の石幼少年文学賞
ビリになった人にだけ見えるという
神さまがあらわれクラスは騒然。

ポアンアンのにおい
大ガエルのポアンアンは、
生き物をつぎつぎシャボン玉にとじこめた。

手にえがかれた物語
手に絵をかいて、願いごとのかなうリンゴとは…。
おじさんと理子と季夫のねがい。

選ばなかった冒険 ―光の石の伝説―
学とあかりが迷いこんだのは、
なぞのRPGゲーム〈光の石の伝説〉の世界だった。

ふしぎの時間割
朝の登校時から放課後の学校まで
ふしぎな物語ばかり10話。

竜退治の騎士になる方法
その男はジェラルドと名のり、
自分は竜退治の騎士だと関西弁でいいだした。

フングリコングリ ―図工室のおはなし会―
図工室にやってきたふしぎなお客にかたる、
おもしろくておかしくて妙なお話。

カメレオンのレオン―つぎつぎとへんなこと―
桜若葉小学校でおこる怪事件のかずかず。
探偵レオンがうごきだす。

カメレオンのレオン小学校の秘密の通路
桜若葉小学校の校庭のクスノキは秘密の通路で、
通路の先はべつの世界！？

シールの星 ユン・ジョンジュ：絵
『リクエストは星の話』よりのシングルカット作品が、
韓国の画家の手によって美しい一冊に！

願いのかなうまがり角 田中六大：絵
◇産経児童出版文化賞フジテレビ賞
めっちゃかっこいいおじいちゃんの話はどれも
スケールがでかくておもしろい！

夜の小学校で
桜若葉小学校の夜に起こる奇妙な出来事

そこから逃げだす魔法のことば 田中六大：絵
おじいちゃんの話はますますヒートアップ！
今回はおじいちゃんのひいおじいちゃんも登場！

きかせたがりやの魔女 はたこうしろう：絵
小学校にまつわる5人の魔女と
1人の魔法使いのお話。

森の石と空飛ぶ船
シュンはプラタナスのむこうの世界で
ふしぎな少女エリとであう。

エッセイ集 **図工準備室の窓から**
―窓をあければ子どもたちがいた―
著者が長年つとめた小学校の図工の教師
としての思い。